叙诡
笔记

中国古代异闻录

那些历史上的神秘事件

呼延云◎著

浙江人民出版社

图书在版编目（CIP）数据

中国古代异闻录 / 呼延云著. —杭州：浙江人民
出版社，2022.5（2023.2 重印）
ISBN 978-7-213-10438-1

Ⅰ.①中… Ⅱ.①呼… Ⅲ.①故事－作品集－中国－
古代 Ⅳ.① I242.7

中国版本图书馆 CIP 数据核字（2021）第 271312 号

中国古代异闻录

呼延云 著

出版发行：浙江人民出版社（杭州市体育场路347号 邮编 310006）
　　　　　市场部电话：（0571）85061682　85176516
责任编辑：方　程 李　楠
营销编辑：陈雯怡 赵　娜　陈芊如
责任校对：陈　春
责任印务：刘彭年
封面设计：异一设计
电脑制版：北京弘文励志文化传播有限公司
印　　刷：浙江新华印刷技术有限公司
开　　本：710毫米×1000毫米　1/16　印　张：14.5
字　　数：165千字
版　　次：2022年5月第1版　　　　印　次：2023年2月第6次印刷
书　　号：ISBN 978-7-213-10438-1
定　　价：58.00元

如发现印装质量问题，影响阅读，请与市场部联系调换。

序言

一

　　我国古代，以有韵者为"文"，无韵者为"笔"。而以"文""笔"综合而来的"笔记"，则专指信笔著录。这些著录内容庞杂、体例不一。举凡掌故丛谈、神话传说、训诂考据、岁时风土、日记尺牍，都可归入其类。一如鲁迅先生在《中国小说史略》中所言："虽不过丛残小语，而俱为人间言动。"即笔记是一种自由独立且任性发挥的文体，不求闻达，唯求惬意，风格简约，直抒胸臆。

　　那么，笔记又可以细分为哪些类别呢？笔者参考了多部笔记史著述，将笔记大致分成五种类型：其一为野史掌故，是用来补正史之阙的史料笔记；其二为笔记小品，如山水游记、散文随感；其三为学术笔记，即那些以诗话词论或考据辩证为主要内容的笔记文；其四为杂著笔记，即阐述典章制度、医卜星象、风俗民情、科学技术等；其五为志怪笔记，即讲述一些荒诞离奇的故事。不过，笔记以内容之"杂"和形式之"散"而取胜，作者既不受拘泥，后人也没有强行设限的必要。尤其是像《太平广记》《容斋随笔》《万历野获编》《坚瓠集》这类的"大部头"，篇目皇皇，可能一身就兼具上述五类，所以这种分类只是相对的，不必强之以"楚河汉界"。

我国历史悠久，笔记文亦源远流长。虽然直到北宋学者宋祁著述三卷《笔记》，才得以定名，但其历史最早可以追溯到先秦散文。除了《战国策》《晏子春秋》中那些短小精悍、生动感人的历史故事之外，《庄子》《列子》和《韩非子》等书中也大量使用论事明理的寓言。它们都具备了笔记小说的雏形，为后世的创作从题材、内容到叙述写作模式都奠定了根基。西汉建立后，随着文、景二帝采用黄老之术与休养生息政策，经济迅速发展，政治趋于稳定，国力不断增强。而道家对长生不老的追求，也始于两汉之际。当时，从宫廷到民间，神仙之说盛行，方士纷起，巫风盛行，这不仅为《汉武故事》《汉武帝内传》《汉武帝别国洞冥记》《东方朔传》等笔记提供了素材，还对后世的笔记有所启迪。另外，在这一时期，刘安及其门客编写的《淮南子》，刘向编纂的《新序》和《说苑》等著作，"物事之类无所不载"，爬罗剔抉，细大不捐，对笔记文的成熟也起到重要的推动作用。

东汉末年战乱频仍，中原大地笼罩在"白骨露于野，千里无鸡鸣"的凄惨景象下，社会的动荡不安情绪也频频投射到文艺作品上，即仙风沉降，鬼道愈炽。长生不老的希望既然破灭，人们便不得不面对生老病死，于是出现了魏晋南北朝时期以干宝的《搜神记》和王嘉的《拾遗记》为代表的志怪笔记的爆发。这些笔记在辑录大量鬼怪故事的同时，也保存并丰富了一些具有现实意义的民间传说。

如干将莫邪、李寄斩蛇等，成为后来不少文学作品的源头。与此同时，魏晋时期的高压统治导致士子文人不敢妄谈政治，进而无法彻底摆脱现实的困境。所以他们只好从老庄超然物外的思想中寻求苟安生活的恬淡心境，以悠远玄虚的言辞表达内心的迷离，用放诞旷达的行为掩饰精神的空虚。"盖其时释教广被，颇扬脱俗之风，而老庄之说亦大盛，其因佛而崇老为反动，而厌离于世间则一致，相拒而实相扇，终乃汗漫而为清谈"。这类笔记最杰出的代表是刘义庆的《世说新语》，这本书通过德行、言语、政事、文学等三十六篇，掇拾汉末到东晋的各类名士之遗闻轶事，"记言则玄远冷隽，记行则高简瑰奇"，后人轶闻琐语之书，殆无不受其影响。此外，《西京杂记》《荆楚岁时记》《齐民要术》《古今注》等笔记小品、学术笔记和杂著笔记的出现，也标志着中国笔记文学在这一时期越来越受到人们的关注。

隋唐，尤其是唐朝，笔记创作进入了第一个高峰，即流派纷呈的繁荣时期。唐代诗词歌赋取得了辉煌成就，使这一时期的笔记呈现出优秀的文学性、叙事性，特别是由韩愈、柳宗元所倡导的古文运动，令唐朝的笔记在叙事、状物、言情等诸多方面出现了由内容到形式的全面突破，"与六朝之粗陈梗概者较，演进之迹甚明"。这一点尤其表现在唐传奇的繁盛上。作为笔记小说的分支，唐传奇叙述婉转、文辞华丽、情节曲折、形象丰满，具有极高的艺术水准。如《莺莺传》《红线传》《虬髯客传》《柳毅传》等，很多都成为后代小说和戏剧的活水源头。另外，由于唐朝史学发达，在官修史书的同时，私人辑录撰写轶事琐闻类笔记也蔚然成风，特别是在"渔阳鼙鼓动地来，惊破霓裳羽衣曲"的安史之乱以后，怀着感时伤逝之情创作编撰出的《大唐新语》《唐国史补》《明皇杂录》《开天传信记》《大唐传载》等笔记虽然也有鬼神报应的封建糟粕内容，但更多的是对朝野故事的真实记录。甚至这些笔记中的很多内容被新旧唐书和《资治通鉴》采用。杂著笔记方面，段成式的《酉阳杂俎》不仅包罗万象，而且文笔优美生动，被纪昀赞为"自唐以来小说之翘楚"。

比之隋唐五代，两宋时期更加褒待文士、推重史学，因此宋朝虽然也出现了《稽神录》《江淮异人志》和《夷坚志》这样的志怪笔记，但整体上看已经不能独张一军。与之相比，辑录当代史料、朝廷故实的笔记则逐渐成为主流。这其中，欧阳修的《归田录》、司马光的《涑水纪闻》、王辟之的《渑水燕谈录》、蔡絛的《铁围山丛谈》、岳珂的《桯史》、陆游的《老学庵笔记》、叶绍翁的《四朝闻见录》、周密的《齐东野语》等书，多是以时人叙时事，具有较高的史料价值。而更为著名的，如沈括的《梦溪笔谈》被后人誉为"中国科技史上的坐标"；孟元老的《东京梦华录》堪称"文字版的《清明上河图》"；洪迈的《容斋随笔》以"辩证考据，极为精确"的文史百科全书而著称，因而它们都在宋代笔记中占有重要的地位。还有就是，宋初由李昉主编的《太平广记》和宋哲宗时王谠所撰的《唐语林》，则首开中国古代笔记总集编纂之风气，并从一个侧面反映了宋代笔记的繁盛。

与之相比，金元时期的笔记则多为退隐不仕的遗老所著，题材以追述前朝轶闻或记录当朝杂事为主，除了刘祁的《归潜志》和王恽的《玉堂嘉话》以外，最有价值的当数《南村辍耕录》，此书系作者陶宗仪在躬耕间歇之时，将所思、所想、所感随手写在树叶上，最后辑录而成。此书除了具有丰富的史料价值外，还通过对元代文学、书画、医术、技艺以及语言、民俗等诸多方面的记述和考辨，全面展示了当时的社会风貌。

　　明代，笔记文学的创作进入了第二个高峰。当时，文史复振，但随着戏曲、小说等通俗文艺逐渐在市民阶层的精神生活中占据主流，志怪笔记风光不再、黯然式微。除瞿佑的《剪灯新话》和陆粲的《庚巳编》外，已罕见佳作。相较之下，史料笔记则名作迭出，成就斐然。如陆容的《菽园杂记》"于明代朝野故实，编述颇详，多可与正史相参证"；叶盛的《水东日记》"于朝廷旧典，考究最详……记明代制度及一时遗闻逸事，多可与史传相参"；黄瑜的《双槐岁钞》"首尾贯穿，在明人野史中，颇有体要"；沈德符的《万历野获编》共计三十卷四十八类，举凡宫闱秘闻、词林科场、释道神仙、鬼怪讥祥、风物民俗，无所不包。正如李慈铭评价的："综核有明一代朝章国故及先辈佚事，评论平允，而考证切实，远出《笔尘》《国榷》《孤树哀谈》《双槐岁钞》诸书之上。"另外，还有谢肇淛的《五杂俎》、王锜的《寓圃杂记》、朱国祯的《涌幢小品》亦属内容丰富的优秀作品。晚明时期，在公安派与竟陵派反对慕古、崇尚性灵的文学理论的推动下，笔记小品更呈现出别样的特色。有两部方志类笔记便是其中的佼佼者，即刘侗、于奕正的《帝京景物略》，张岱的《西湖梦寻》。它们一北，一南；一京畿，一杭州；一幽深孤峭，一韵味隽永，却殊途同归地呈现出繁华将尽的苍凉。

清代是笔记创作的第三个高峰，也是最为鼎盛的时代，各种笔记都在前人述作的基础上进一步发展，并因为时势的演变分成风格迥异的四个时期。清初，"遗老逸民，富于故国之思者，身世飘零之感，宇宙摇落之悲，百端交集，发为诗文"。谈迁的《北游录》和《枣林杂俎》、王士禛的《池北偶谈》、刘献廷的《广阳杂记》、王应奎的《柳南随笔》都是这一时期的代表性作品。褚人获编撰的六十八卷《坚瓠集》则将古今典制、人物事迹、社会琐闻，汇为一书，虽博而不精但采辑极广，堪称清初笔记的巨制，时人评价其有"信古传述之功"。康雍年间，清廷屡兴文字狱，笔记文也在被难之列，方孝标因《滇黔纪闻》而挫骨，汪景祺因《西征随笔》而被斩。值此"文网日密"的环境下，以谈狐说鬼的方式抒发忧愤或讽喻劝惩的志怪笔记迎来了文学史上最辉煌的时期。先是蒲松龄的《聊斋志异》、袁枚的《子不语》和纪昀的《阅微草堂笔记》三部杰作横空出世，而后又带动了《夜谭随录》《萤窗异草》《谐铎》《夜雨秋灯录》《小豆棚》《耳食录》《埋忧集》《三异笔谈》《咫闻录》等一大批摹作的诞生。它们"测鬼神之情状，发人间之幽微，托狐鬼以抒己见"，即对社会的黑暗、官场的腐败、世风的浇薄给予了深刻的揭露与批判。此后，随着乾嘉学派的兴起，注重考据训诂的学风也在笔记文上有所体现，《啸亭杂录》《檐曝杂记》《竹叶亭杂记》和《履园丛话》等笔记纷纷出现。它们或是皇亲国戚记载的见闻亲历，或是史学大家博涉文史、留心世务的时事随笔，或是翰林学士对朝章制度和朝野掌故的记述，或是颠沛一生的著名学者的宦游杂记，皆比之以往的同类笔记考据更加严谨，订正讹脱良多，内容愈发翔实，具有很高的史料价值，对后学影响深远。晚清风雨飘摇，文网渐宽，笔记迭出，蔚为大观。在列强环伺、国破家亡的威胁下，知识分子们忧心如焚，无暇长述，用古老的丛残小语来保存国故，经世济时。如梁章钜的《浪迹丛谈》、陈康祺的《郎潜纪闻》、陈其元的《庸闲斋笔记》、吴庆坻的《蕉廊脞录》、薛福成的《庸盦笔记》，不仅有补史之用，还记述和转载了大量近代社会、政治、民俗等珍贵资料；汪康年的《汪穰卿笔记》和狄宝贤的《平等阁笔记》则用诸多篇幅介绍域外新闻和科学新知，复杂而矛盾的笔触表现出新旧文化撞击下的焦灼与困惑；许奉恩的《里乘》、俞樾的《右台仙馆笔记》、吴炽昌的《客窗闲话》和李庆辰的《醉茶志怪》秉承志怪传统，足与魑魅争光；而徐珂编撰的《清稗类钞》广征博采，规模宏伟，分九十二类，一万三千余条，是清代笔记的集大成之作。

有学者认为笔记文止于清末，此言不确。辛亥鼎革，尤其是新文化运动后，笔记虽然不复昔日辉煌，但仍有佳作问世。只是创作者多为遗老，或深受旧文化熏陶的学者，故而"怀旧"成为绝对的主题。如《檐醉杂记》《十叶野闻》《世载堂杂忆》《春明梦录》《巢云簃随笔》等，也记叙了大量清末民初的风云扰攘和干戈离乱。另外，徐凌霄与徐一士的《凌霄一士随笔》、瞿兑之的《人物风俗制度丛谈》和黄濬的《花随人圣庵摭忆》以其援引广博，论述完备，词旨雅驯，被誉为民国三大掌故笔记。在科学精神不断引入的时代背景下，谈狐说鬼的内容除了郭则沄的《洞灵小志》外，已经极为稀见，只在《梵天庐丛录》《退醒庐笔记》这样的作品中偶有夹杂，这些都可以视为志怪笔记的回光返照。

二

2015年5月，《北京晚报·书香周刊》的主编沈沣老师邀集一些作者聚会，商讨周刊的改版问题，当时我也在受邀之列。会上，沈老师提及每个人可以根据自己的阅读喜好来开设专栏。那时我正在构思一部通过刑侦技术破解凶宅奇案的推理小说，其中牵涉很多古代笔记中记载的凶宅，便提出写一些用现代科学解读古代笔记中的诡异现象的文章之设想。

我自幼嗜读古代笔记。这些名无定格、体无定例的丛谈漫录，与高大巍峨的官修正史相比，犹如九重宫阙外的村舍民居。它们看似简陋平凡，却有着宫阙永远不能比拟的自然、生动和烟火气。如果说屡经篡改、文过饰非的《二十四史》"非史也，二十四姓之家谱而已"，那么笔记才是古代中国最真实的"非虚构写作"——哪怕是帝王将相、御用文人亲自撰写的笔记，哪怕书写的内容是宫闱秘史和朝堂纷争，也因其真情流露、信笔吐实，无意或无形中建构起与庙堂文化相对抗的江湖。它们犹如丝竹管弦，虽无黄钟大吕的隆重庄严，却格外地悦耳动听，引人遐思。但我们必须承认，由于金字塔式的专制统治为了权力的稳定性，统治阶级一直用最残暴和血腥的方式控制和摧残着私人记录和自由表达。所以那些笔记虽然已经竭尽所能地为后人保留了一些历史的真相，但它们毕竟是残片、是密码，简单或孤立地看，往往无法理解其中的微言大义，只有读得越多，涉猎越广，才越能打通因时代和文本设置而成的关碍，才有可能理解古人隐藏在字纸背后的隐喻与真意。尤其那些纯粹因为愚昧迷信而生发出的鬼神灵异，往往被统治者利用，用以愚民和治民，更是非拆穿之而不能还历史以本来面目的。

听了我的提议，沈老师欣然赞同。一番商议之下，考虑到推理小说中有所谓的"叙诡派"（指通过巧妙的叙述方式制造信息不对等，从而使读者走向思维误区的推理小说），而所言又以古代笔记中的"诡事"为主，便将专栏定名为《叙诡笔记》。沈老师还为之写了一段开栏语，申明主旨——

"在我国古代浩繁卷帙的笔记小说中，记载有大量的奇案、诡案、悬案，囿于科学不昌，古人常常以'鬼怪灵异'作解。而本栏目则试图用现代科学结合历史考据，给这些奇案、诡案、悬案做出全新的合理解释，以便读者们了解到：诡非鬼，机巧万端终有解；谜莫迷，阅尽千帆道寻常。"

就这样，《叙诡笔记》专栏正式出现。第一篇《林则徐记载的一桩"灵异事件"》发表于 2015 年 5 月 29 日的《北京晚报》上，接下来就是以每周一期的频率进行连载。谁知到第五周，我意识到了一个问题，那就是古代笔记中记载的"诡事"虽多，诸如梦兆、回煞、谶语、显灵、赶尸、凶宅、旱魃、圆光、厉鬼、妖狐、蛇怪、虎伥……但绝大多数都脱不开四种"成因"：一是精神疾病导致的癔症发作；二是科学不昌造成的愚昧迷信；三是为了达到某种目的的欺诈行径；四是基于民间传说的虚构杜撰。所以写来写去，好像把奇思妙想、气象万千的志怪笔记给"公式化"了，时间一长未免索然无味。更何况，有很多灵异现象，迄今也很难用科学给出合理的解释，如果强行诠注，实属"佛头着粪"。我把自己的想法和沈老师沟通之后，达成了两条创作原则：一条是"不设限"，虽然依旧挂《叙诡笔记》的专栏名，但题材不设限、内容不设限，写作方式不设限，每篇围绕一个主题展开；另一条是通俗化，毕竟报纸的读者大多是普罗大众，做到用通俗浅显的文字向读者普及古代笔记知识即可，不必在名物制度上强求精准，不要搞成佶屈聱牙的考据训诂。

沈老师开放的编辑理念破除了我的顾虑，事实上也极大地扩充了这个专栏的创作领域。从此，《叙诡笔记》的选题从"志怪笔记"变成了"杂著笔记"：宫闱秘闻、朝野遗事、名人轶事、科举典制、时令风俗、医药卫生……只要是古代笔记里的内容，任我征引辑录，自由发挥。

我的古代笔记和近代笔记阅读量并不算小，前文提到的书目我大部分通读过。但在真正写《叙诡笔记》这一专栏时，还是感到难度远远超出最初的设想。虽然我每次确定选题后，能凭借记忆知道哪些笔记中有我需要的内容，但真正搜检翻查时还是要费很多力气，加之家中杂务纷纭，我又要写推理小说，日常时间排得满满的，所以写《叙诡笔记》固定在周末两天的中午。把女儿哄睡以后，就在窗台下的书桌上开始写。书桌本来就小，而一篇《叙诡笔记》所用到的古籍往往要十几本之多，桌子上根本摆不下，只好铺了附近一地，跟练摊儿似的。每次我都是一边在电脑上敲字，一边在地板上俯拾翻阅，不知不觉，正午的阳光洒在键盘上，照耀得本来就腰酸背痛的我头昏眼花……即便如此，一般我要写两个中午才能完成一篇，甚至要到周日晚上才能写完。合上电脑时，对面林立的楼宇已经是万家灯火。

这样的日子一晃就是七年。自己开设这个专栏的"初心"，不过是将古代笔记的热爱之情诉诸笔端。但支持我连续七年笔耕不辍的原因，是因为这一旷日持久的创作突然有了别样的意义：作为一名推理小说作者，我在很长时间里默默无闻，只在布满荆棘的荒野上独自耕耘，每每荷锄四顾，内心泛起无限的辛酸和孤独。而在书写《叙诡笔记》时，我突然发现了一件过去未曾注意到的事情，那就是绝大多数的笔记作者都不是飞黄腾达的达官显贵：刘祁仕途无望而撰《归潜志》，叶子奇因事下狱而编《草木子》，杨慎穷愁潦倒而著《丹铅总录》，张大复命运乖戾而作《梅花草堂笔谈》……他们往往被体制抛弃，与"正途"无缘，失去编修和载入正史的资格，只能"兀坐青灯，与书为伍"，将一腔牢骚不平之气泄诸笔端，述往事，思来者。而志怪笔记的作者，一生未显者更是不计其数，蒲松龄、曾衍东、沈起凤、许仲元、朱梅叔……他们壮志难酬，忍辱含垢，浮白载笔，终成不朽。我在引用他们的笔记、书写他们的姓名时，深深为他们在逆境中发愤著述的精神所感动，每一篇《叙诡笔记》，既是对他们的致敬，更是对自己的激励。

2018 年，《叙诡笔记》专栏转入澎湃新闻《翻书党》栏目继续刊载，编辑顾明老师同样以自由开放的理念指导我的创作。到 2021 年底，这一专栏已经发表了 200 多篇逾百万字。而我，也经常以"古代笔记研究学者"的身份出席会议和发表讲座，这是我在开设这一专栏时没有想到的。

感谢《北京晚报》的沈沣老师、澎湃新闻的顾明老师以及浙江人民出版社的编辑老师，没有你们多年来的支持和鞭策，《叙诡笔记》专栏不可能连载至今并精选成书；感谢我的家人，因为创作而耽搁的家务，你们多有分担；更要感谢的是多年来关心和鼓励我的读者们，由于才疏学浅，我的文字难免错漏，真诚期盼你们的批评和指正，以便本书再版时得以更正。

呼延云

2022 年 2 月

目录

第一章　传奇：帝国的 B 面

一、清末民国初年对赶尸之谜的"新解"

"赶尸"的故事一直是电影热衷的拍摄题材。比如林正英主演的《僵尸先生》中，开头的一幕便是几具穿着清朝官服、额头上贴着黄色的符箓的尸体排成一列纵队。在他们旁边，穿着八卦服的赶尸匠喊着"天苍苍，野茫茫，回家了，列成行"，每当赶尸匠摇一下铜铃，尸体就会跳一下，最后消失在漆黑一片的夜色之中。

想想这是没有道理的，已经死去的人，在某种奇特法术的引领下，竟能驱驰千里！这其中的每一条信息，都足以调动人们的猎奇心理：赶尸的故事真的存在过吗？如果是真的，那么赶尸者是怎样突破了生与死之间那条界限的？如果出现可怕的僵尸又该怎样应对？走夜路的人一旦碰上赶尸者的队伍应如何做？万一有个掉队的尸体一动不动地站在夜深人静的道路中间，最终它会到哪里去……

近年来，有不少研究者和电视节目试图用科学对"赶尸"现象进行合理的解释。而本文则根据古代笔记中的记录，让读者从一个独特的角度对"赶尸"现象窥豹一斑。

1．"三人住店，两人吃饭"

在古代笔记中，关于"赶尸"的记录所见不多，我所见的几则大都是在清末到民国初年这一时期的笔记中出现的。别的不说，这至少说明一些灵异小说动辄把"赶尸"说成有几千年悠久历史的观点，是站不住脚的。

　　第一则记录，是晚清著名学者徐珂编撰的《清稗类钞》，这也是古代笔记中对"赶尸"记载得最为清晰、详尽的一篇。不过，文章并未称其为"赶尸术"，而是"送尸术"。

　　接下来，徐珂对送尸术进行了详细记录：贵州商人有很多靠砍伐、买卖木材谋生。每年到了开春，春生水涨之时，"辄编木为筏"。他们乘着木筏到了湖南常德等地，找到合适的买家谈好价钱后，便将木筏拆开卖掉，再从陆路返乡。但是天有不测风云，如有贵州商人客死他乡——因中国人有叶落归根、狐死首丘的传统观念，虽"道远，尸不易回"，但"同行者往往有送尸之术"，可以送其还家。

　　书中说，这种送尸术"必两人行之，乃有效"。具体的施术情形是：一个人做向导，尸体"走"在中间，另一个人手拿一碗水走在后面。注意，这碗水还必须符合两个条件：第一必须为清水，清水比较好找，打点泉水或井水就可以了；第二"碗中清水必加持符咒"。而且，在这一路上，走在后面的人必须保证把水碗端平，因为"水不倾泼，尸不倒也"。在外人看来，尸体与正常人没什么差异，只是不能讲话而已。当然，尸体是面无血色、神情呆滞的。另外，如果仔细观看，会发现其步态与生人稍有不同，即"盖人行则行，人止则止，纯随二人步趋"，颇像古代那些跟在大官后面的衙役。

　　当然，问题也来了，长路迢迢，这些送尸人总不能一路走下去，不喘口气、歇个脚吧？《清稗类钞》中对此是这样记载的：到薄暮时分投宿旅店时，旅店主人一看这三个人的状态，"即知为送尸之客，必另备一房与居"。而且，当时这样的送尸人"时时不绝于道"，所以旅店的老板不仅熟悉，而且还设有专门的房间供他们住宿。住宿的时候，一般是两个活人睡在床上，尸体立在门侧。湘西当地还有句民谚描绘这种情形的，叫"三人住店，两人吃饭"。

将到家的前一天晚上，"尸必托梦于其家人，其家则将棺木衣衾，预备齐整"。当送尸人带着尸体到家，便径直驱使尸体走进棺木内。然后，送尸人将那碗加了符咒的清水在地上一洒，尸体立刻倒下。这时要马上为其收殓，"否则其尸立变，现出腐坏之形矣"，腐坏的状态与死亡时间完全一致，"如已死一月者，尸即现一月之腐状"。

2．"昼行夜止"，不走夜路

讲完了催眠术和习俗后，《清稗类钞》中还记录了一则"赶尸案例"。当时，有一位名叫黄泽生[1]的提督，带兵驻军川边。"一日，营外忽大哗"，黄泽生便问发生了什么事情。手下的兵丁报告："有人解死尸经过，尸能自行。"黄泽生出了营帐一看，只见一个人持布幡做前导，"一尸直立，随其人，惘惘而步"。黄泽生见状，立刻上前喝令送尸人站住，询问原委。送尸人回答说，这个人在旅途中死去，如果装进棺木再运回家，实在是太费事了，所以"特用法驱之自行，归就家以敛耳"。黄泽生又希望送尸人告知法术详情。送尸人回答："这是我们的职业秘密，怎么可能轻易透露给外人？"黄泽生也不勉强，便转移话题问一般需要几天才能到达目的地，回答说要四五天。之后又问夜里怎么解决住宿问题，回答说"置之门侧可矣"。这时围观的人越来越多，"时，空营出观，数百人皆见之"。骚乱中，这些人嚷嚷那也许不是一具尸体。

---

[1] 黄忠浩（1859—1911），字泽生，湖南人。曾留学日本，晚清时期的矿业大亨，1910 年任四川提督。后因与武昌起义军为敌，被斩首。

对此，送尸人毫不慌张，同意检验。于是，黄泽生找来的仵作检验，"果为死尸"。而在附近居住的当地人觉得这些当兵的少见多怪，纷纷表示"此事常有之，不足异也"。

徐珂在另外一部笔记《康居笔记汇函》中，摘录了1926年出版的《东方杂志》中《缅甸人的生活》一文的一段话："缅甸术士，于客死他乡之人，可念咒使复活，挈以归，比至家，乃退咒下葬。"徐珂认为，这与中国的"赶尸"乃是同样一种"法术"。

在民国初年郭则沄所著的《洞灵小志》一书中，也有一则"赶尸"的笔记。该书说："湘黔间有谲是术者，人死不殓，招术者咒之则能行。"不过，郭则沄的记载与前面所说的《清稗类钞》之记载有颇多不同。在书中，不再叫送尸人而是改称赶尸匠。赶尸匠一次不只带一具尸体，而是"或二三尸，或四五尸"，赶尸匠在前面引路，尸体则"站"成一列纵队跟在后面，而且每具尸体都以纸覆面，如果走着走着，碰到"诵经或演乐者"，必须先要阻止他们咏诵或演奏，等尸体过后才能重新开始，"否则术败"。看得出来，可能是尸体也怕喧哗和吵闹，一旦被惊醒了恐不可收拾。晚上住宿的时候，所有的尸体都整齐地立之门后，"直而不仆"。不过，如果进来了生人，不小心触碰到了，则会引起尸变。"如是昼行夜止，虽千里可达。"到家后要马上装殓，"稍延即腐"。开旅馆的人对这种事情见多了，所以"不为怪"。

不知读者是否注意到，在《洞灵小志》中，赶尸匠的人数、所送尸体的数字、尸体的扮相、驱赶尸体的方式方法等，都与《清稗类钞》中的记录有所不同。当然，它们也有相同之处，都强调赶尸是一种"昼行夜止"的行为，而不是很多影视作品中所表现的，非要走夜路不可。

3．"赶尸"为假，"背尸"是真

人死不能复生，更不可能行走，这是哪怕生活在科学不昌的年代的人们也能达成的"共识"。而"赶尸"无疑挑战了这个世界最基本的法则，必然引起人们的惶恐不安。古人无法用其所处年代的知识合理解释，因此大多会给予一些模棱两可、似是而非的答案。比如清代文学家袁枚在《子不语》中这样阐释道："尸能随奔，乃阴阳之气翕合所致。盖人死阳尽绝，体属纯阴，凡生人阳气盛者骤触之，则阴气忽开，将阳气吸住，即能随人奔走，若系缚旋转者然，此《易》所谓'阴凝于阳必战'也。"后文中，袁枚继续提醒：跟尸体同处一室时，"最忌对足卧。人卧，则阳气多从足心涌泉穴出，如箭之离弦、劲透无碍，若与死者对足，则生者阳气尽贯注死者足中，尸即能起立，俗呼为'走影'，不知其为感阳也"。

清末民国初年，正是西方现代科学知识大量涌入中国之时，那些比较先进的中国人就尝试着用科学对一些奇异的现象进行全新的诠释——对"赶尸"亦是如此。著名学者狄葆贤在《平等阁笔记》中说："贵州采木商人病死于湘中者，能以送尸术送之返乡，似与西人之催眠术同理。"后来，他与很多朋友函来信往时，还对此进行了一番讨论。他认为人死之后，灵魂早已与肉体分离，而肉体还能像生前那样运动自如，"乃其生前之余气耳"。他认为："人之余气，犹灯火熄时之有余影，儒家或谓之魄，人死时往往有报信托梦于亲友者，皆此余气为之，非灵魂也。"所以，送尸术是施术者将自己的灵魂注入到了死者体内，与死者的余气"相合相接而成者也"。这很像催眠术的施术者用自己的意念诱导受术者按照其指令所为，所以狄葆贤说："催生人者谓之催眠术，催死人者，谓之催死术可也。"

但是，徐珂不同意这种看法。他说："西人之催眠术，能催生人，而不能催死人；能催数小时之久，而不能催至数月之久。"所以他更倾向于赶尸术"与寻常尸变因有所感触而然，或系一种电气作用者"。在《洞灵小志》中，郭则沄与徐珂的观点相同，他推测："西人言：人身咸具电气，故新死者阳电未尽，往往自动。"因此他认为，其实我们所说的僵尸，也是这种"阳电未尽"造成的。

《洞灵小志》接着记载了一个名叫徐紫庭的人，他在一位过世朋友的灵柩前磕头时，发现"尸忽一手动，俄两手皆动，倾之足亦动"。徐紫庭吓了一大跳，拉着死者的家人就跑到了庭院。这时，尸体已经从棺材里慢慢坐起，徐紫庭又和大家一起躲到大门外面，并把门反锁上。他们搭了个梯子爬上墙头，以观察里面的动静。"须臾尸出庭外，两臂能运转，足行且跃，每跃益高，几及于垣"。见此情景，墙头上围观的人都吓坏了，纷纷捡了石头扔过去，尸体"似有见，复返室"。大家在外面等了很久，不见动静，便撺掇了一个胆子大的进院查看，发现那尸体竟然"已就榻寝"。大伙儿一窝蜂地冲进去，七手八脚地将尸体绑缚起来重新装殓进棺材，再钉好棺材板才放心。对这一事件，郭则沄解释为，全过程很像是赶尸，而赶尸中的尸体只能向前而不能返步，更不会返室登榻，"若有知道者，殆阳电之未尽使然欤"？

如果这件事放到现在，法医学家给出的答案相对会简单而明确得多：当时，徐紫庭的朋友并未真正死亡，很可能处于一种"假死"状态。"假死"又称微弱死亡，是指人的血液循环、呼吸和脑功能活动高度抑制，生命机能极度微弱。是外表看来好像已死亡，实际上还活着的一种状态。这种状态下，绝大多数"死者"必须经医学人员的急救才能复苏，但是也有少量死者可以"自行修复"恢复生命体征。但是，由于"假死"的人多为长期陷入深度昏迷者，一旦醒来，就算是有所动作，如果得不到医学上的正确处理，也有可能重陷昏迷。这大概就是那具"尸体"为什么在庭院里折腾了一番之后，又能回到屋子里的原因。

至于本文所说赶尸之谜，目前学界比较一致的看法是："赶尸"为假，"背尸"是真。一般来说过程是这样的，赶尸匠先是给尸身喷上特制的防腐药水，然后自己或找人背起尸体。他们为了方便背尸体，还在四肢捆上骨科夹板一样的竹片，让尸体的手足关节不至于弯曲——这也正是尸体为什么看上去"走"得十分僵硬的根本原因。为了增加神秘色彩，赶尸匠还会一路摇摆着铜铃，或念着咒语什么的。在那个迷信盛行的时代，谁都唯恐避之不及，在阴风阵阵的气息中看到一个大概，也在心理上添加了恐怖灵异的因素。当然了，保持神秘色彩，也有利于从"顾客"那里获取更多利益，所以赶尸匠们也刻意将这种"职业技能"加以重重保密，各种稀奇古怪的说法自然就不胫而走了。

二、李自成祖坟里的"小白蛇"真相

说起来，明末农民起义，绝对是宏伟雄奇的一段历史。姚雪垠先生的《李自成》，以宏大的笔调为我们描述了这场大悲剧，这是一部无论怎样描述，也难以呈现全貌的悲壮史诗，足以令后人感慨万千。毫无疑问，李自成是这部史诗的主角，关于他失败的原因，从古到今，各种分析总结的书籍能堆成山一样高。要说在历史笔记中，所说最多的，莫过于李自成死后，其祖坟被扒的故事。

1．神秘卖蒜人竟是钦差

崇祯十三年（1640 年），在商洛山养精蓄锐的李自成，趁着明军主力在四川追剿张献忠起义军的时候，突入中原，开仓放粮，赈济灾民，并提出"均田免赋"的口号。这些举动马上赢得了民心，起义队伍也迅速由几千人扩大到几十万人。接着他攻克洛阳，杀死福王，迫使"督师辅臣"杨嗣昌自杀。然后，在围困汴梁期间，又连续杀败左良玉和傅宗龙，令整个中原的农民起义成燎原之势。

当时，紫禁城里的崇祯皇帝已经急得坐立不安，不知是听了谁的馊主意，他于崇祯十四年（1641 年）给陕西总督汪乔年下了一道密旨，要汪乔年扒掉李自成的祖坟，也就是断其"龙脉"，泄其"王气"。

清朝时期有两部笔记，即《筠廊偶笔》与《在园杂志》，对此事的前后经过记述得特别详细。

《筠廊偶笔》为清初学者宋荦所撰，多记明晚期与清初期的各种奇闻异事，富于史料价值。其中记载：崇祯九年（1636年），李自成自号"闯将"，率领着步骑兵千余人回到家乡陕西米脂，给祖先上坟。很可能正是这一举动，引起了官府的注意，他们才产生了扒李自成祖坟的念头。

扒人家祖坟毕竟不是什么光彩事儿，何况这次还是天子亲自下的令。当然，崇祯皇帝也知道这个道理，所以他传达密旨的方式也极为神秘。康熙年间的学者刘廷玑在笔记《在园杂志》中这样记述道：有一天，米脂县令边大绶正在堂上办公，见"有一人赴诉卖蒜为兵所抢"。为了审案，边大绶让他详细讲述事情经过。那人匍匐着爬到边大绶膝前，表面上哀诉自己种蒜如何不易，暗地里却用手按住边大绶的官靴，往下压了两压。边大绶非常吃惊。再看那卖蒜者的肤色气质，无论如何也不像一个多年种地的农民。他马上明白过来，便将这名卖蒜者带到后堂，屏退左右。卖蒜者这才脱下帽子，撕开帽子的夹层，露出里面的一封信和一道密旨。信是陕西总督汪乔年写的，介绍来人是宫中太监，让边大绶执行那道密旨，边大绶心惊肉跳地打开密旨一看，上面写着"命掘闯贼祖坟之诏旨"。

边大绶心知肚明，这件事做起来真是两头要命。为什么呢？这是因为崇祯十四年时明政权已经摇摇欲坠，除了京畿之地，长江以北基本处于失控状态。特别是陕西的政府机构，虽然看似还保持完整，其实大部分早已形同虚设，政令不通。就连皇帝的密旨都要靠太监乔装打扮像做贼一样送来，可见官民之敌对。这种情况下，想带人去扒最大一支起义军领袖的祖坟，消息一旦外泄，恐怕自己连米脂衙门都还没走出去，就会被起义军的密探干掉。但反过来，如果自己不做，那朝廷也会秘密杀掉自己。再说，李自成祖坟的具体位置也不是那么容易知道的。

边大绶一时间彷徨无计，"忧形于色，寝食俱废"。他的门人贾焕发现这一情况后，便问他为什么发愁。边大绶把事情一说，贾焕笑道："这有何难，我知道一个人，足解君忧。"边大绶听后大喜，问他是谁，贾焕于是传令把县衙里的捕快张自祥叫来。

片刻，张自祥来了。这人平时蔫蔫的，少言寡语，在捕快中绝对是个不显眼的家伙。贾焕看了他两眼，突然厉声说，你明明姓李，为什么改姓张？

张自祥大吃一惊，正要辩解时，贾焕又说：我已经全都查清，你是李自成的亲哥哥。此番潜伏在县衙里，与其他 20 个捕快歃血为盟结成异姓兄弟，准备在李自成打到米脂县城时开门放贼。你是贼首的亲戚，不但不自首，且甘为内应，还不从实招来。

张自祥吓得扑通一声跪下，磕头求饶，边大绶将他搀扶了起来说：大明气数已尽，天下早晚是闯王的，届时我的一家老小还要依赖您保全，我自然不会做自断后路的事情的。贾焕也笑道，刚才我说的都是唬你而已，目的是要验明正身。老兄放心，你那颗脑袋在颈项上稳稳地挂着呢。然后，边大绶提出了三人拜拜之事，询问张自祥的意见。张自祥一见自己不仅死罪得免，还能与县令大人结为异姓兄弟，大喜过望，欣然同意。从此，三人"出则官役，入则兄弟"。

张自祥完全不知道的是，边大绶这样做是有目的的，那就是搞清李自成祖坟的具体位置。

2．一只黑碗锁定祖坟位置

按《筠廊偶笔》引夏振叔《借山随笔》记载：李自成的祖父名叫李海，

父亲名叫李守忠。"坟俱在三峰子乱山中，距县城二百里，山势环拱，气象狰狞。"李海和李守忠死后，都是被同乡一个名叫李诚的人埋葬，边大绶重金邀请李诚为向导，以对李自成的祖坟做一"精确定位"，但"葬年既远，诚亦不能别识"。

作为子孙，一定会去给祖先上坟，于是边大绶便在张自祥身上打起了主意。《在园杂志》记载：他每天跟张自祥饮酒作乐，趁着张自祥醉醺醺的时候，聊起风水之术，连赞李家祖坟一定选在了绝佳之地。张自祥甚是得意，便把祖坟的地点告诉了边大绶。后来，边大绶以打猎为名，"邀之同往"，专门去了一趟三峰子山，确认了李家祖坟的具体位置。

不过，接下来的故事，两部笔记的记载便出现了很大的差别。

我们先来看可信度更高一些的《筍廊偶笔》的记录：边大绶令李诚为向导，来到三峰子山，"至其所，久近墓凡二十有三"。李诚一时间想不起来哪个才是李自成祖父的坟墓，只记得当时在给李海挖墓时，在地下发现了一只黑碗，索性将黑碗一并埋在墓坑里，所以"今但有黑碗者即海也"。

边大绶为了斩草除根，命令手下人把这二十三座坟全部挖开，找出有黑碗的那一座。他们连续挖了十几座坟墓，里面的尸骨都保持着一定的"血润"。不一会儿，终于有个人高声喊了起来："这座坟里有一只黑碗！"边大绶过去一看，里面的尸骨黑得像墨一样，"头额生白毛六七寸许"。李诚立刻确认，这就是李海的尸骨，在这座坟的左侧稍下，就是李守忠的坟墓。边大绶的手下挖开李守忠的坟墓后，竟然发现墓穴里盘有一条白蛇，"长尺二寸，头角崭然，初见人，首昂起三寸，张口向日，复盘卧如故，意思安闲"，而李守忠的尸骨"骨节间色如铜绿，生黄毛五六寸许"。

在此，《筠廊偶笔》的作者引《虎口余生记》说："枯骨生毛亦从来记载所罕见者，遗毒海内，夫岂偶然？"而边大绶也是相同的想法。所以他继续扒坟，把所有长了毛的尸骨都拣出来，估计都是李自成的家属，聚在一堆用火烧了。这才算大功告成，班师回城。

《在园杂志》的记载则要复杂得多。边大绶自从确认了李自成祖坟的位置之后，便等待合适的时机。不久他得到消息，李自成的部队即将进犯潼关，边大绶便赠给张自祥白银七千两，让他和投奔闯王那二十位结拜捕快一同前去，以"卫其辎重"，同时也能帮自己拉拉关系。刚刚把张自祥支走，边大绶就带着十余人出了米脂县城，来到三峰子山。只见李自成家的墓地"上有大树一株，紫藤垂满，掘至棺，藤根包裹千匝"。他们用巨斧砍断藤根，棺材才得以打开，竟然发现棺材里有一条小白蛇，小白蛇的"头角已成龙形，止一眼，其身尚未变"。李自成先人们的尸骨上"皆长黄白毛二三四寸不等"。边大绶杀掉小蛇，把小蛇跟那些尸骨一起"焚之扬灰"。在这篇"扒墓笔记"的结尾，刘廷玑说："剖棺之日，适闯贼兵败河南，一目为流矢所中。噫，何天意人事符应之速耶！"

这篇笔记比之《筠廊偶笔》加"料"不少，除了巨大的藤根把棺材包裹"千匝"之外，最引人瞩目的便是那条小白蛇头角已经长得很像龙角，而且小白蛇还只有一只眼。我们看得出，刘廷玑分明是在强调小白蛇就是李自成的"化身"，及时将其铲除，就断绝了李自成的"成龙"。而且，正在率兵围攻开封的李自成被射伤了一只眼睛，也与小蛇的"止一眼"对上了，这再次证明天人感应是真实存在的啊！

3．边大绶塘报里的"小白蛇"

那么，边大绶扒李自成祖坟，真的看到这么多"诡事"吗？我们不妨看看他的自述。边大绶在给朝廷的塘报——在他著的《虎口余生记》中可见原貌——中讲述了前后经过。他没有提到张自祥，但李诚确系扒坟这一行动的向导，"曾为贼祖与父赞襄葬事"，而且凭借一只黑碗锁定李海的墓穴是确有其事。

扒坟的开始时间是崇祯十五年（1642 年）的正月初二，参与行动的还有三十名弓箭手和六十名乡夫。他们"一昼夜行一百三十里"到达三峰子山，"时遇大雪，深二尺余，山路陡滑，马不能进"。边大绶便带领众人下马步行五六里路，"鸟道崎岖，久绝人迹，旋开道攀缘而上"，终于到达李自成先人们的墓地。墓地周围"四面山势环抱，气概雄奇，林木翳天，不下千余株，大小冢墓二十三座"。他们接连挖开五六座，也没有发现黑碗，这时天色已晚，众人就在墓地里住了一晚。不过，第二天他们便通过黑碗锁定了李海的墓穴，同时李守忠的墓穴也被找到。在墓穴"顶生榆树一株，枝叶诡异，用斧砍之，树断墓开，中盘白蛇一条，长尺有二寸"。边大绶下令将黑碗和白蛇收好，用于向上级呈验，然后将"骨骸有毛者凡七八冢，尽数伐掘，聚火焚化"。这还不算完，他又把附近山林的一千三百余株大树，"悉行砍伐，断其山脉"。

做完这些事，边大绶很得意地在塘报里宣称："逆墓已破，王气已泄，贼势当自破矣！"而收到塘报的陕西总督汪乔年回复边大绶："他日功成，定当首叙以酬。"

由此可见，《在园杂志》中的很多记载都不确切。如小蛇化龙化到一半、小蛇只有一只眼、藤根将棺材"包裹千匝"等等，都是一种解恨式的夸张和发挥。事实上，即使李自成的祖坟被扒，王气也未泄。因为仅仅两年以后，李自成就率军攻破北京城，逼得崇祯皇帝在煤山上用一根绳子吊死自己。当然，明朝的遗老们也许会认为，至少边大绥的举动让李自成没有最终得到天下。在一片石之战（山海关大战）中，李自成被吴三桂和多尔衮的联合军队打败，从北京一直退到湖北九宫山遇害。这岂不正是"白蛇头角呈龙形而其身未变"的明证吗？问题是，在边大绥的塘报里，可没有这么神奇的记录。试想那条只想在墓穴里冬眠的小蛇，又怎么会知道自己被人们寄予了这么多的含义呢？

崇祯十五年（1642年），陕西总督汪乔年在襄城被李自成军队捉住，李自成恨他扒自己的祖坟，"割其舌，磔杀之"。两年后，边大绥也被大顺军捉住，他自己思忖必死无疑，谁知李自成在北京登基后下诏大赦天下，让他捡了一条命，并在其后大顺军的败退中侥幸逃脱。

不过，边大绥终究还是"一扒成名"，明朝的遗老遗少们感激他断了李自成的王气；清代的文人们为了迎合大清入关是"替明朝报仇"这一古怪的逻辑，也对李自成口诛笔伐，认为边大绥是有功之人。清代学者王士禛在《池北偶谈》中专门称赞边大绥"发贼李自成祖父墓，贼旋败衄"，给人的感觉就是李自成根本没有攻进北京，在祖坟被挖的第二天就一败涂地，走向灭亡了。再结合《在园杂志》里的"夸大宣传"思考，不由得令人感慨：古代改朝换代前后的那些书，姑且看看，不可太当真。

三、煤窑传说与道光帝整顿黑煤窑

笔者从小在北京长大，六岁前家住平房，一到冬天就要烧蜂窝煤炉。每次看着老爸拿着火钳子在红红的炉膛里捅来捅去，我总感到十分好奇。不过更加吸引我的是煤炉盘面上的几条小干鱼，就等着烤得酥脆时，把它们咯吱咯吱嚼得稀烂再咽下肚……这样的记忆，对使用煤气或天然气生火做饭的新一代而言，是完全陌生的。但于 20 世纪 70 年代出生的我却是真切的存在，这也就使我在读到记录老北京烧煤的文字时，脑海里浮现出的情景更加具体和形象。

因此，下面我们就来聊一个十分特别的话题，古代和北京烧煤有关的那些"诡事"。

1. 烧不尽的西山煤

很多北京人或从外地来北京的朋友都会去后海游玩，在后海有一个著名的景点，叫"银锭观山"，是"燕京小八景"之一。在这里看到的山名为西山，是太行山的支阜，但很少有人知道，它在清代是一座不折不扣的"煤山"，其煤炭资源之丰富，世人有"烧不尽的西山煤"之赞叹。清代笔记《檐曝杂记》这样记叙道："京师自辽建都以来，千有余年，最为久远。凡城池宫殿、朝庙苑囿及水陆运道，经累代缔构，已无一不完善通顺。其居恒日用所资，亦自然辐辏，有若天成。即如柴薪一项，有西山产煤，足供炊爨。故老相传'烧不尽的西山煤'。此尤天所以利物济人之具也。"

的确，即便是帝国首都，也免不了需要生火做饭，需要用煤的不仅仅是皇家，还有京畿地方官员和市民，"而京师常有数十万马骡藉以刍秣，不能作炊爨之用"。所以煤价日渐昂贵。据《檐曝杂记》的作者、历史学家赵翼记述，他刚来北京时，运煤人会将"煤之捶碎而印成方堲"，每块价钱三文，重量是二斤十二两；几年之后，每块的价格虽然还是三文钱，但煤块的重量不过一斤多。由此可见，"烧煤贵"让老百姓叫苦不迭，也让当政者头疼。对此，赵翼出主意说："闻直隶真定府之获鹿县有煤厂，产煤甚旺，距京不过六百里，似可以获鹿之有余，补西山之不足。其间或有水道不通之处，量为开浚，如淮右之五丈河，俾船运常通，则永无薪桂之患。"

具体来说，"烧不尽的西山煤"里的西山，主要是指房山、门头沟一带的山坳，而非我们经常说的香山、卧佛寺一带。《春明叙旧》一书有记，明清时期，北京卖煤的商号用骆驼、马车将那些大小煤窑挖出的煤送到东西南北城的城门外面，然后城里的大小煤铺开始第二次倒手。那时烧的煤主要是煤球，煤铺掌柜请大多来自直隶省宝坻和定兴两地的工人摇煤球——这种煤球不是纯粹的煤，里面要掺进大量的黄土。工人先将煤末和黄土按照比例调好，然后在一块较平整的土地上薄薄地撒上些细煤面，再将和好的稀煤摊在撒满煤面的地方，用剁子剁成长宽各一寸见方的小煤块。晾晒一天后，再把这些煤块铲进一个底下有花盆倒扣着的荆条筛子里，不停地前后左右滚动，不一会儿，方形的煤块就变成圆圆的煤球了。之后，煤铺会请送煤工用可容纳五十斤煤球的柳条筐，把煤球送到居民家中，这才算"供暖程序"完毕。

整个程序中，最累、最苦、最危险的，无疑是在煤窑里挖煤的工人。他们劳动强度大、安全保障少，更不要提经常发生的塌方和瓦斯爆炸。不客气地说，那时家家户户烧的不是煤，而是煤矿工人的血和命……也正因为长年在暗无天日、生死一线的矿井里劳作，所以各种诡异和古怪的事情也经常在他们之中流传。

2．吓死人的"熊妖怪"

民国笔记《洞灵小志》曾记述过这样一个故事：门头沟的煤矿在当时是供应京师取暖和烧火用煤的主要煤矿，矿工用的都是当地人，"咸萃居沟畔"。有一年，眼看就到除夕了，这时恰是京城里面煤炭供应的"旺季"。虽然挖煤不能断，但矿工们也想乐乐呵呵地过个年，于是"数人市白菜豕肉归"，即把白菜装进篮子里挂起来，把猪肉放在案板上，然后聚在土炕上玩儿"叶子戏"（中国古代的一种纸牌游戏）。他们正玩得开心之时，忽然见到一个妖怪从外面闯了进来！

那妖怪长得"赤眼白毛，毛长至垂地"，把几个矿工吓得全都趴在土炕上一动不敢动。结果，妖怪发现墙上悬挂的竹篮里装着白菜，顿时发出一阵怪笑，伸出脏兮兮的爪子把菜都抓了出来，然后将菜搓成一个个"菜团"放在血盆大口里吃，"须臾而尽"。它又看到案板上的猪肉，再一次发出怪笑，"亦搓而吞之"。吃完了矿工们的"年货"，妖怪又开始趔摸屋子里还有没有其他可以下肚的东西。直到这时，它才发现土炕上竟然有好几个人，立刻又发出了和先前两次相同的怪笑，然后一步步向土炕靠近。

矿工们吓得魂飞魄散，他们知道自己马上就要像青菜和猪肉一样被妖怪搓而食之了。正在危急之时，突然听见一声巨响，不知为何门板竟然倒了下来。只见从门外又进来一个妖怪，这个妖怪"亦赤睛白毛，而巨且数倍，毛亦加长"，看上去分明就是前个妖怪的老爸。矿工们想，这下可彻底完蛋了，按照小妖怪的食量，屋子里的这几个人估计只够大妖怪吃个半饱，于是一个个闭上眼睛等死。

令大家没想到的是，大妖怪手里竟然还拿着根棍子，进得门来照着小妖怪就打，小妖怪只好"垂手退"，大妖怪则"作怒声直前，以棍击之"。这一棍正好打在小妖怪的肚子上，把它打了一个跟头。小妖怪趴在地上怪叫着爬，大妖怪"又击以棍，中臀"，小妖怪"自以爪摩之"。大妖怪不甘休，继续打它的屁股，直打得它爬到门口，夺门而出，"相逐俱去"。

再看另一边，矿工们已经伏倒在炕上，大气也不敢出一口地等了很久很久。直到确定那两个妖怪真的不再回来了，才一个个慢慢坐起身，"怖几失魂"。他们看着一片狼藉的屋子，"计食料顿尽"，只好到街坊四邻去讨饭吃。第二天早晨，矿主来了，矿工们把昨天的事情经过一讲，矿主十分惊惶地说："这恐怕是我忘记了祭祀山神，才有此警告。"于是"祭而祷之，遂不复见"。

在《洞灵小志》的作者郭则沄看来，"凡山神大抵魑魅魍魉，所谓木石之怪，固不足奇"。不过我觉得，此事倒并非什么妖怪作祟，只是类似猿猴一样的动物因为饥饿，下山找食物引起的一场误会，不说别的，就前后大小两个妖怪的行为来看，也充满着当爹的教育"熊孩子"的意味。

3．暴雨夜的惊魂案

让我们再来看看清代乾隆年间学者和邦额在笔记《夜谭随录》中记

述的一则他亲耳听到的事件。

乾隆三十八年（1773 年）的夏天，和邦额去找自己的好友——皇族宗室双丰将军，两个人正在廊下闲聊，忽见一个人赤裸上身，扁担挑着两个柳条筐往后厨走，柳条筐里则装满了煤炭。一开始，和邦额并没有太在意这个普通的运煤工，直到他走近才发现他"胸前背后各有伤痕，长咫尺，阔寸余"。和邦额以为他是上过战场的军人，便问将军这个人姓甚名谁，参加过什么战斗。将军说："这可是一段奇闻，待我煮酒设馔，慢慢跟你道来。"

原来那送煤工姓王，是河北雄县人，从事这一行已经十几年了。送煤工不需要别的，就需要一把好力气。而王某因家贫，从小便"肩挑以食力，逐日担瓜茄之属赴菜市"。而他所住的地方离集市遥远，每天鸡一叫就起床，披星戴月地赶路。"一日，行至半途，遇迅雷洪雨，行不能前"。这时候，王某见路旁有几座外面环绕着篱笆墙的矮屋，于是就想进去躲雨。他担着菜篮子爬过篱笆墙，来到门口，只见"门环系以麻索，虚无人焉"。王某解索启扉，进得门去，正要把湿透了的衣服脱下，忽然听见黑黢黢的屋子里有奇怪的声音。当时，他的眼睛还没适应室内的昏暗光线，正茫然不知何物，突然一道闪电划过长空，只见"于烨烨电光中见一人绕地而踊"。王某惊骇恐惧，竟然动弹不得，"惟瞠目直视"。瞬息间，地上那人已经踊到他面前，披头散发，满面惨白，"吐舌唇外，长数寸"。王某显然已经吓傻了，手足失措，这时那人扑上来竟用舌头舔他的额头，王某吓得惨叫，并用最后的力气狂叫一声，"奋力扑窗，纵身而出，昏然仆地"。

黎明过后，雨停了，来往的行人将王某救醒，他把事情一说，人们都很错愕。因为就在前一天晚上，这间屋子里曾"有妇人缢死梁间，已报官，尚未检验"，还停尸在屋子里，不想竟化成僵尸作怪。众人一起壮起胆子走进屋去，见那女尸"已僵卧炕下矣"。

王某惊魂甫定，方觉胸前背后似刀割一样剧痛，解衣视之，皮肉狼藉，大家看了看屋子里的情状，才知道他飞身扑出窗外时撞裂了窗棂，前胸背后都被折断的窗棂划伤，而肚皮没有割破，也是幸事。"迄今逾二十年，将终其身患疤痕焉。"

4．不信邪的那彦成

在和邦额、双丰将军乃至世人看来，王某遇到的无疑是一具僵尸。但是，那上吊的女子被解下后，并没有尸检，所以完全可以解释为女子因为解救及时，只是处于某种"假死"状态。苏醒后她正好看见王某，以为家里来了窃贼，或者因为神志不清，把王某当成阴曹地府里来抓她的鬼，所以才扑上去撕扯……

对比这两个故事，值得琢磨的是为什么在清代的煤矿工人中间，总有各种各样恐怖诡异的传说。究其原因，恐怕要从当时煤矿工人真实的生活状态说起。

明清时期，煤矿工人主要由破产农民组成，除了家在附近的工人可以回家外，其余的人都住在"锅伙"里。而"锅伙"就是今天的职工宿舍，但其条件之艰苦，连官府的牢房都不如。《五台徐氏本支叙传》引晚清名臣徐继畲的话："宛平西山有门头沟，京城所用之煤皆产于此，煤窑二百余所，开窑人皆遣人去数百里外诓雇贫民入洞攻煤，夜则驱入锅伙。锅伙者，食宿之地，垒石为高墙，加以棘刺，人不能越。工钱悉抵两餐，无所余。有倔强或逃者，以巨梃毙之，压巨石下，山水涨，尸骨冲入桑干河，泯无迹。又有水工锅伙，窑洞有水，驱入沟之，夏月阴寒浸骨，死者相枕藉，生还者十无二三，尤为惨毒。"

在徐继畬的笔下我们不难看出，煤矿工人宛如置身地狱一般。而这还不是最可怕的，据道光朝刑部尚书那彦成在奏章中的陈述："查各锅伙内所雇工作之人，向来多系诓诱入伙，并不问明来历，一遇有患病之人，辄即抬出丢弃，以致冻馁毙命。"

那彦成此话，其实是源于当时发生的一起惊天大案。内务府几个闲散旗人在门头沟开了一座煤窑，因为煤窑积水较多，承包排水工作的恶棍朱四组织了个"水工锅伙"。道光元年（1821年）十二月二十九日晨，水工李二病倒于炕上，"朱四听闻，斥其懒惰，令其长跪院内"，并用火把、木棍对其殴打，将李二打得皮开肉绽。然后又逼着他继续下窑淘水，到了晚上也不许他休息，稍停即打，经过一天半夜，李二淘了一千八百斗水，终于支撑不住了，"起更时因之毙命"。

此案经人告发，朝廷命刑部严查，谁知朱四等人买通了巡检和仵作，谎称李二是病死的。那彦成不信，亲派仵作再次验尸，终于在李二身上查得有伤五十三处。道光皇帝得知，非常愤怒，在他的督促下，朝廷批准颁布了《办理煤窑锅伙章程》，章程严禁私窑主私刑殴打工人，违者严惩。同时对生病窑工提供保护，凡是不及时救治者，按照"夫役在工役工所有病，官司不给医药救治律"惩处。随后，又将宛平县丞移驻门头沟，职责转为弹压稽查煤窑治安。经过这次整顿治理，京西煤矿工人的生活境遇得到了极大改善。

读到这里，不知道您有没有发现，《洞灵小志》和《夜谭随录》两则故事虽然恐怖，但都没有出现矿工或运煤工丧命。反倒是朱四把李二活活打死，却真正要了矿工的命。这是不是再一次证明，人比鬼更可怕。或者说，在这个世界上，真正可怕的，不是像人的鬼，而是像鬼的人。

四、裹脚：清末战乱中的"逃生概率"

我在上小学时，曾看过一次太姥姥的小脚。那时她已年近八旬，脱下鞋来，双脚被扭曲得如同笋尖似的，真是毫无美感。而正因为这小脚，令太姥姥一辈子走路都像踮着脚似的，摇摇摆摆很不稳当，当然也走不了多快。相比之下她的女儿——我的姥姥，因为是天足的缘故，遇到急事甚至能小跑几步，看上去特别的踏实和稳健。据说姥姥小时候也缠过脚，后来社会进步了，她趁着脚还没被彻底弄畸形，自己把裹脚布解开了。从这个意义上讲，旧中国向新中国的转变，真的是只有"解放"二字才能表达——包括女人的脚在内。

我始终搞不大懂，古代为什么女人要裹脚，即便是从某种变态和畸形的心理角度考量，也颇令人费解。后来在翻阅古代笔记时，我才发现这一恶习并非人人赞同。不仅这一行为在历史上没少遭人唾骂，而且有些名人更是对裹脚痛恨之至。比如清代杰出的文学家、随园主人袁枚，就是一辈子骂裹脚、骂裹脚一辈子的典范。

1．足下真非好色者

袁枚的名气实在太大，这里就不多介绍了。我们从他著的一本名叫《小仓山房尺牍》的书说起。这本书中收录了不少他与亲友的往来书信，其中有一篇《答人求娶妾》十分有名。

有个朋友托袁枚给他找个小妾，但条件是对方必须要有一双三寸金莲。这一说辞算是触怒了袁枚，他平生最痛恨的就是女人裹脚，因此在回信中破口大骂："足下真非好色者也……从古诗书所载咏美人多矣，未有称其脚者。"是南唐后主李煜发明的"窈娘裹足"，不过你看看李煜是一个亡国之君，跟他学个什么？！"今人每入花丛，不仰观云鬟，先俯察裙下，亦可谓小人之下达者矣。"这里的"小人下达"引的是《论语·宪问》里的一句话，意思是没出息的人就只会盯着那些蝇头小利，当然在这里被当骂人话来用了。袁枚越骂越气，最后索性借着这么个事儿攻击对方的道德文章："足下作诗文，多皮附而不能深入……鄙意饮食男女之间，最易观人之真识见！"意思就是，饮食男女最能看出一个人的层次，你喜欢小脚的审美跟你写的诗文一个德行，都是肤浅无聊的！

袁枚在他生活的时代，几乎就是文艺界的最高裁判，他要骂谁文章写得烂，挨骂者几世都翻不了身。而他何以如此痛恨裹脚，主要是他对女性的审美强调"天然"，即"眉目发肤，先天也，故咏美人者，以此为贵"。

《随园诗话》卷四中曾记载这么一件事。杭州有位赵钧台跑到苏州去买妾。当地人给他介绍了一位姓李的女子，一见之下，赵钧台十分欣喜，因为女子的容貌非常漂亮。可是低头一看，他又未免失望，因为这女子没有裹脚。赵钧台嘟囔道："可惜可惜，有如此的姿色，却生就这么一双大脚，真是令人扫兴！"媒婆在旁边赔着笑说："她确实没有裹脚，不过她是个才女，作诗很好，不信您出个题目试试，她能出口成章呢。"赵钧台就像现在很多的猥琐男一样，"欲戏之"，让李姓女子作诗说说自己为什么不裹脚，那女子冷冷地看了他一眼，放声吟道："三寸弓鞋自古无，观音大士赤双趺。不知裹足从何起？起自人间贱丈夫！"

诗意简单明了，意思是从古到今，裹脚就是伤天害理的事，无非是为了满足你们这些贱男人的变态癖好，害得女人一个个成了人造的残疾！

"赵悚然而退"。

2．地府受苦七百年

裹脚的痛苦，是常人无法想象的。太姥姥曾经给我讲："那时的女孩子都是从小要裹脚的，五个脚趾头往一块堆儿攥紧了，然后用白色的布一层层地缠。怎么能不疼呢？可疼可疼了。哭也没用啊，就是得忍着，走路都走不动，时间长了，就变成小脚了。"

缠足的"始作俑者"，现在大多数人认为是南唐后主李煜。李煜有个宫女，纤丽善舞。因此李煜"乃命作金莲，高六尺，饰以珍宝，网带璎珞，中作品色瑞莲，令嫔娘以帛缠足，屈上作新月状，着素袜行舞莲中，回旋有凌云之态"。

对缠足嗤之以鼻的袁枚自然对李煜始终没有什么好感。除了在跟友人的通信中痛骂之外，还不忘记在《子不语》里损上一顿。

杭州有位名叫陆梯霞的先生，品德高尚且修养深厚。这一天他在家中午睡，突然梦见皂隶持帖相请，上书"年家眷弟杨继盛拜"。这里说的杨继盛是明代大臣，因为反抗严嵩而遇害，是忠臣、直臣的典范。陆梯霞一看是他相请，十分高兴，便跟着皂隶"行至一所，宫殿巍然"，只见杨继盛头戴乌纱、身着红袍，下阶迎上前道："我奉玉帝的旨意，要升到天上去做官了，这阴曹地府审案的事情，恐怕以后就要劳烦你了。"陆梯霞拒绝道："我在阳间都不屑为官、隐居不仕，阴间官就更不会当了。"

正在这时，有个判官过来对杨继盛耳语了几句。陆梯霞有些好奇，便问说了什么。杨继盛说："南唐后主李煜当初给他的宫女缠足作新月之形，后来便相沿成习，世上的女人都以小脚为美，为此受了无数的痛苦。甚至有些女人既忍受不了缠足之痛，又忍受不了世人对天足的嘲讽，竟悬梁服毒，实在是造孽！上天厌恶李后主无事生非，不仅让他生前被宋太宗的牵机药毒死，足欲前，头欲后，比女子缠足更加痛苦，死后还要在阴曹地府里受苦七百年。现在七百年已满，本可以让他转世重新做人，谁知刚刚得知，又有数十万没有脚的妇女跑到天庭上访请愿，让玉帝继续惩罚李后主。"

陆梯霞听得一头雾水："这又是为什么啊？"

杨继盛说："清初张献忠屠四川时，曾经将几十万妇女的小脚砍下，堆成一座山。这些被砍下脚的妇女的冤魂认为，都是李后主当年发起缠足，才让张献忠有此残暴变态的怪癖，害得她们丢了性命。所以李后主还要继续承担裹足之罪！"

陆梯霞听了哭笑不得："那你打算怎么断这个案子啊？"

杨继盛想了想说："这样吧，我罚李后主继续在我这阴曹地府里关押，关押期间要织满一百万双小鞋，赔偿给那些无足妇人，才能转世为人。"

陆梯霞不禁大笑，猛地醒来，方知乃是一梦，他郑重其事地告诉夫人："千万不要给你的女儿缠足，不然李后主在阴曹地府里又要多织一双鞋了……"

3．裹足妇女逃命难

不过，也有人认为缠足陋习的始作俑者应该是南齐废帝萧宝卷。因为《南史·齐东昏侯纪》有记："（萧宝卷）凿金为莲花以帖地，令潘妃行其上，曰：此步步生莲花也。"

李后主也好，萧宝卷也罢，在政治上都没什么建树，照理说没有什么值得后世效法之处。偏偏他们不仅"发明"出缠足这么个摧残人的玩意儿，竟然还能贻害千年，也实在是不可思议。清代学者曾衍东在笔记《小豆棚》里就曾经感慨："亡国之习，流毒一至于此。吁，始作俑者，其无后乎！"他讲述了一位缠足妇女的悲剧："马字桂樽，绍兴人。随父幕于晋之大同……晋有缠足女师，朝夕缚结。桂复自为扎勒，裂缯刻玉，以求瘦小。又作金丝履，凤头尖，软香帮，并刻梅花粉底，种种增华。"后来，马桂樽跟着父亲到广州后家境转衰，她嫁给了一个姓雷的福建人做妾。但姓雷的正室夫人"悍妒"，她本是天足"两凫如藕船"，因见马桂樽的脚纤细无比，便想办法整她，每天找各种理由让马桂樽侍立在自己身边，一站就是一天，"稍不如意，即梃击其足，否则以彼足蹴桂足，一痛入骨，如刀削胫。无人处，桂常蹲地，手抚双翘，凄然泪下如雨"。如此没过多久，马桂樽便绝食自尽了。

说起来，面对缠足陋习，历朝政府并非"不作为"，特别是清代，统治阶层曾多次下达禁令。顺治初年，孝庄皇太后明令：不许缠足女子进宫，否则斩首。康熙三年（1664 年）朝廷下旨："若有违法裹足者，其父有官者交吏兵二部议处，兵民则交付刑部责四十板，流徙十年。家长不行稽察枷一个月，责四十板。该管督抚以下文职官员有疏忽失于察者，听吏兵二部议处在案。"可是，即使力度这么大，责罚这么狠，依然禁不住。清代学者丁柔克在笔记《柳弧》一书中曾经记载，当时缠足陋习，盛行于北方，而南方较少："甘肃某县，每年四月二十四日妇女做小脚会。届时妇女淡妆浓抹坐于门首，皆跷一脚于膝，以供游人赏鉴。或评其双弓窄窄，或称其两瓣尖尖。最小者则洋洋自得，而其门如市。故其县无大脚，间有稍大者，其时唯闭门饮泣，合家垂头丧气，真陋习也。江南天长、六合等县，则妇女尽皆大脚。"

和平时期的争相追捧和被人冷落，到了战乱时期就难免调换了位置。清末学者况周颐在笔记《眉庐丛话》中写道：太平天国运动开始后，南北各省兵祸频仍、战火连天，当时一个很明显的现象就是，逃难者中的女性"多大足妇人，而裹足者卒鲜"。这是因为，裹脚的妇女跑不动，便大多只能在家中坐以待毙，偶尔有豁出去跟家人一起出逃的，往往又成为累赘。遇到危急关头，为了不丢下她一个，剩下的亲属都要放慢逃亡速度，"又或子为母累，夫为妻累，父母为儿女累，兄弟为姊妹累，骈首就戮，相及于难者指不胜屈……夫自古至今，妇女死于兵者，莫可殚述，而皆未有知其死之多累于裹足者"。

按理说，裹脚还是不裹脚，可以决定一个人的生死，应该能让人有所醒悟了吧。然而并非如此，直到光绪二十七年（1901年），慈禧太后还专门颁下懿旨："汉人妇女率多缠足，行之已久，有伤造物之和，嗣后缙绅之家，务当婉切劝导，使之家喻户晓，以期渐除积习……"但是这一陋习的彻底消亡，还是要到新中国成立后，随着暴风骤雨般的种种除旧布新而成为历史。鲁迅先生有云："在中国，搬动一张桌子都要付出流血的代价。"以感慨在中国实施改革之难。而一部缠足史，足以证明改革之难有时未必是统治阶层刻意阻挠造成的，假如桌子腿被铁钉牢牢固定在地上，要想搬动，才是难上加难。

五、古代笔记里找得到"地震云"吗？

在世界各地，时不时就会发生地震。特别是我国，处于两大地震带的交汇处，更是经常会发生各种地震。如唐山地震、汶川地震等，我们至今记忆犹新。每逢地震前后，总有一些自称可以预测地震的"民科"出现。每次流传最广的莫过于"地震云"的说法。就是说，在地震发生前，地震发生地上空会出现形状奇怪的鱼鳞状或肋条状的云朵，看到这种云就赶紧逃命。这当然是一种误传，地震预测是世界公认的科学难题，迄今在国内外都处于探索阶段，假如了解到全球每年都要发生超过一千次的五级以上破坏性地震，那么偶尔在地震前拍摄到的"怪云"只是小概率事件，根本无法作为地震预测的依据。

那么，在我国古代笔记中有没有关于"地震云"的记载呢？我查询了很多资料，只能遗憾地告诉你，没有。在这些笔记中，虽然对地震有各种各样的记载，但真的不关"地震云"什么事。

1. "地震雷"比"地震云"更常见

中国幅员辽阔，自古就地震多发，古代的科学工作者很早就开始致力于地震监测和地震预报的研究工作，比如大名鼎鼎的张衡"地动仪"，即是一例。那时无所谓"官科""民科"，只要会写字，任谁都可以记录下地震发生的经过和地震前的种种诡异情状。其中不但看不到什么"地震云"，反倒能找到相反的例证。

比如，清初学者王士禛在《池北偶谈》中记录有康熙戊申年（1668

年）六月十七日发生的"郯城大地震"："山东、江南、浙江、河南诸省，同时地大震，而山东之沂、莒、郯三州县尤甚。郯之马头镇，死伤数千人，地裂山溃，沙水涌出，水中多有鱼蟹之属。"说起来，这次地震发生的前后曾出现过两个"异象"：一个是天上发出打雷一样的隆隆声，带动着"钟鼓自鸣"；另一个是淮北沭阳有人"白日见一龙腾起，金鳞烂然"。而重要的是下面这句"时方晴明无云气"。没错，不但没有"地震云"，反而是"万里无云"。

蒲松龄在《聊斋志异》里也记载了自己在"郯城大地震"发生前曾听到过"地震雷"："余适客稷下，方与表兄李笃之对烛饮。忽闻有声如雷，自东南来，向西北去。众骇异，不解其故。俄而几案摆簸，酒杯倾覆；屋梁椽柱，错折有声。相顾失色。久之，方知地震，各疾趋出。见楼阁房舍，仆而复起；墙倾屋塌之声，与儿啼女号，喧如鼎沸。人眩晕不能立，坐地上，随地转侧。"顷刻间，满大街都站满了赤身裸体逃出家门的男男女女，一个个惊惶失色，议论纷纷，都忘记了应该穿件遮身的衣服。

从史料与笔记中我们可以发现，与其把"地震云"当成预测地震的指标，还不如听听"地震雷"更加靠谱。在另一部著作，明代学者沈德符的《万历野获编》中则记录了嘉靖十五年（1536 年）发生在四川的一场地震："是年为丙申年二月二十八日丑时，四川行都司附郭、建昌卫、建昌前卫以至宁番卫。"当时，地震发出了雷吼一样可怕的声音，"都司与二卫公署，二卫民居城墙，一时皆倒"。而这次空前的垮塌导致惨重死亡，一共"压死都指挥一人、指挥二人、千户一人、百户一人、镇抚一人、吏三人、士夫一人、太学士一人、土官土妇各一人，其他军民夷獠不可数计"。主政的徐都司父子，书吏军伴等百余人，无一人得脱，全部罹难。地震导致"水涌地裂，陷下三四尺"，卫城内外都像浮块一样漂在水面上，余震到三月初六还在继续。

四川地震多发，民众受害往往特别严重，在古代笔记中也记录得特别详细。这里摘录明代学者钱希言所著《狯园》，对发生在万历庚戌年（1610年）二月十九日的一场大地震的记录。这一天的凌晨，"西川安绵道石城、永平、五城诸镇"，先是大地发出了剧烈的吼声，然后各个公廨"屋瓦梁木拉然有声"，接着房屋开始垮塌，官府建筑尚且如此，何况民居，"四境之内，十室九倾，号呼沸天"。没过多久，"川南道泸州诸卫"也发生了大地震，"天地昼晦，山川震动，暴雷怪风，拔屋折木"，没多久又下起了暴雨冰雹，"计掀揭官廨教场数十余处"。漫天飞舞的沙尘遮天蔽日，"咫尺不辨"，更加可怖的是，"瓦木竹树、旗旌帷盖之类俱飞在云中"，简直就是灾难片的既视感。地震导致黔江水暴涨，冲城裂岸，洪水淹没了几百里土地，受害的民众更不知几何。

2．来自阴间的"丈高男子"

古人相信"天人合一"，任何灾异现象都意味着老天爷对统治者的不满，如果相关责任人等再不加以改正，那么更严重的惩罚将为之不远。比如明代笔记《草木子》里记载，元朝的最后一个皇帝元顺帝统治的至正丁未年（1367年），"太原地大震……居民屋宇皆倒坏，火从裂地中出，烧死者数万人"，结果第二年太原即被明军攻陷。所以一旦有地震发生，有责任心的皇帝往往都会检讨自己在政治上的过失。

康熙十八年（1679年），北京发生了一场大地震，清代学者董含在《三冈识略》第八卷中写道："七月二十八日巳刻，京师地震。自西北起，飞沙扬尘，黑气障空，不见天日，人如坐波浪中，莫不倾跌。未几，四野声如霹雳，鸟兽惊窜。是夜连震三次，平地坼开数丈，得胜门下裂一大沟，水如泉涌。官民震伤不可胜计，至有全家覆没者……内外官民，日则暴处，夜则露宿，不敢入室，昼夜不分，状如混沌。朝士压死者，则有学士王敷炳、员外王开运、总河王光裕、通冀道郝炳等。积尸如山，莫可辨识。通州城房坍者更甚。空中有火光，四面焚烧，哭声震天。有李总兵者，携眷八十七口进都，宿馆驿，俱陷没，止存三口。涿州、良乡等处街道震裂，黑水涌出，高三四尺。山海关，三河地方平沉为河。环绕帝都连震一月，真亘古未有之变，举朝震惊。"

按照《广阳杂记》记载，这场地震造成"京城倒房一万二千七百九十三间，坏房一万八千二十八间。死人民四百八十五名"。其中，有一位前河东道参政李元阳也不幸罹难，他的死却给后人留下了一段诡异的传说。

《池北偶谈》说，与李元阳一起遇难的还有他的两个仆人，谁知过了两天，在人们掩埋尸首时，其中一个仆人竟然苏醒过来。自称他被倒塌的房屋砸中后，并不知道自己死了，依然意识很清楚。他见两个身高一丈多高的男子把李元阳一家人赶出了门，自己也夹在其中跟着走，出门后他才发现，原来有黑压压的一大群人都在无声地往前走，"主人亦在焉"。走了一会儿，一个丈高男子忽然问他："你怎么跟过来了？你不在这些人当中，赶紧回去吧！"他回答说："我家主人在队伍里，我得跟着啊！"那丈高男子需要驱赶的人甚多，就没理会他，又走了数里地，丈高男子见他还跟着，不禁怒骂道："你怎么还不走？"然后"以杖击其背"，这人一下子苏醒了过来。

面对这场灾难，年轻的康熙皇帝立刻下了《罪己诏》说："地忽大震，皆因朕功不德，政治未协，大小臣工弗能恪共职业，以致阴阳不和，灾异示儆。"接着，他不仅积极组织抗震救灾工作，"发内帑银十万两"，赈恤灾民，还出台了一系列改革弊政的方法。康熙皇帝自身具有很好的科学素养，很难说他真的笃信地震与朝政存在因果关系。不过，我们能明显看出他每每总能抓住时机，用惠民之利化解民生之痛。

由此可见，在古代优秀政治家的眼中，地震前的征兆不足信，地震本身就是一种征兆，这才是更加需要警惕和严肃对待的。

3.脖子上都戴着枷锁

也许跟地震有关的最恐怖的故事，要算清代学者和邦额在《夜谭随录》中的一段记录。

雍正庚戌年（1730 年），北京发生了一场地震。地震前一天，一个人抱着自己四岁的儿子到茶馆里喝茶，刚刚走进门，那孩子搂住爸爸的脖子，怎么都不肯进去，也哭闹着不让爸爸进去。这人觉得奇怪，心想也许是这间茶馆人太多了，孩子嫌拥挤喧闹而不愿意进去，所以就换到另外一家茶馆。谁知那孩子"至则复啼，易地皆然"。

这下子，茶是彻底喝不成了。当爹的困惑不已，便问儿子："你平时非常喜欢跟我一起到茶馆吃些甜点果脯，今天怎么突然像换了个人，哪个门都不入呢？"而小孩子的回答绝对让人心惊胆战！

"不知道为啥，今天每一个在茶馆里喝茶的人，不管是卖茶的还是吃茶的，脖子上都戴着枷锁，看上去很吓人，所以我不敢进去……"

当爹的愣了半晌，儿子又继续说道："不光茶馆里的人，今天街上的很多人，不知道为什么也有很多都颈戴铁锁。"

正在这时，有位邻居看见他们，过来打招呼。当爹的把事情一说，邻居大笑，觉得小孩子胡说八道，然后扬长而去。小孩望着他的背影说："你也戴着锁，为何嘲笑我？"

当爹的不放心，抱着孩子，遇见相识的人，就把事情告诉他们。对此，绝大部分人都是一晒而过，只有少数人"或言小儿眼净，所见必有因，伺之可也"。

回到家里，这个小孩子仍"意犹未尽"，指着他的两位正在堂屋里玩闹的堂兄说："他们也都戴着锁呢……"

"次日地大震，人居倾毁无数，凡小儿不入之肆，无不摧折，竟无一人得免。"而两位堂兄和那个在路上嘲笑他的邻居，也都被倒塌的房屋砸死。

这则笔记，很明显是依据小孩子"开天眼"的传说杜撰出来的故事，不足为信。不过有一点值得注意，就是在残酷的描述背后，隐藏着人们对地震造成巨大伤亡的恐惧与无奈。是否能够预测地震的发生并不重要，因为即便是小孩子预测出来了，也没有多少人会听信。所以在这则笔记的结尾，和邦额发出了这样的感慨："劫数之不可逃也，类如此。"

经过无数地震科学工作者的不断努力，今天的我们已经在地震监测上取得了长足进步，虽然对地震预测还不能做到百分之百准确，但是也取得了个别成功的案例，比如海城大地震的预报，帮助了无数人民群众逃离"劫数"，在地震科学史上树立起了一座丰碑。因此，我们应该对终有一天能够杜绝地震对人类生命的伤害抱有信心，不过这里有个前提：不可盲目相信"征兆"，不可在 21 世纪还把"天人合一"那一套拿出来奉为圭臬，不可总把地上的事儿跟天上的事儿强扭在一起——脖子上锁只是个要命的传说，脑子上锁可真就要了命了。

六、世上本无鬼，装的人多了就有了鬼

"那汉哪里抵挡得住，却待要走，早被李逵腿股上一朴刀，搠翻在地……李逵道：'我正是江湖上的好汉黑旋风李逵，便是你这厮辱没老爷名字。'那汉道：'小人虽然姓李，不是真的黑旋风。为是爷爷江湖上有名目，提起好汉大名，神鬼也怕，因此小人盗学爷爷名目，胡乱在此剪径。但有孤单客人经过，听得说了黑旋风三个字，便撇了行李奔走了去……小人自己的贱名，叫作李鬼……'"

看没看过《水浒传》的朋友，大概对上面这段话都不陌生。这里说的是李逵和李鬼的故事。没错，假货遇到正主儿，难免狼狈不堪、抱头鼠窜。当然了，在古代笔记小说中也是一样的道理，当"假鬼"遇到"真鬼"的时候，往往会产生强烈的戏剧性效果，或者大快人心，或者引人捧腹。

1．一鬼杀死一鬼

清代学者吴炽昌在笔记《客窗闲话》中记载了一件发生在他家乡的故事。

"吾邑有朱桥镇，布市也。"在市集上，买卖布匹的人们每天凌晨便会从四面八方赶到并进行交易，太阳出来后散集。这个规矩已经例行了很多年，但突然有一天进行不下去了，这是因为最近这一带突然闹鬼。据见过鬼的人说，那鬼经常在通往布市的小桥边出现，"白衣冠，被发执扇，眉目下垂，口鼻流血"，形象十分阴森可怖。"世所谓无常

鬼是也。"见到鬼的布商们无不吓得魂飞魄散，布匹也不要了，扔下便逃，有个布商居然被吓破了胆，一命呜呼！

于是，布商们只好商量着改变布市的交易时间或地点，但大家都各说各话，一时间没有定议。村里有个叫王二的，他家里出了点事情，急需银子，即使听说夜半闹鬼的事情，但还是"于寅刻携灯负布趋市"。他在心里默默祈祷千万不要碰上鬼，谁知怕什么来什么，快到桥边时，真的是"遥见大鬼昂然来"。果然跟传说中一样，这只"鬼"个子出奇的高大，摇摇晃晃地走了过来，目露凶光，浑身血污。王二吓坏了，先一口气吹灭了灯，然后把布匹扔进草丛，钻进了旁边的桑树林里爬上了树，"猱升树巅，藏丛叶间"。

月色朦胧，躲在树上的王二，见那大鬼走到桑树林附近，四下里瞧了半天，突然开口说话了："明明有个人过来，怎么突然不见了，难道是妖魔鬼怪吗？"

王二一听有点发蒙，怎么鬼称呼自己的"同类"也是这么不恭地叫妖魔鬼怪？就在这时，一件更令他惊诧的事情发生了，只见桥那边"又一大鬼来，服色面目相等"。

两鬼相见，后鬼向前鬼拱了一下手，慢慢地走过它的身边。前鬼困惑地看着后鬼，突然有所醒悟说道："可恨，我等费尽心计才想出这个办法吓走布商，以抢夺布匹。现在却有个家伙假扮成我等模样，妄图分一杯羹，岂有此理！"然后张口便骂那后鬼："你这厮怎敢分我们的东西！"岂料后鬼不说话，只是"忽扬大掌，拦腰一击"，前鬼随即扑倒在地，"首与上下身及两臂跌分五截"。后鬼则长啸而去。

王二看到这突然的反转剧情，吓得浑身瘫软，更加不敢下树，直到天蒙蒙亮，见到很多来交易的布商结队而来，才开始呼救。人们七手八脚将他搀扶下来，然后战战兢兢地走到那惨遭肢解的恶鬼身边，查看"解体诸因"，结果才发现"鬼之首系纸糊者，两臂与手削木为之"。而且，这个鬼之所以如此高大，其实是因为"它"是由上下两个人组成，现在"上身一人、下身一人俱死，纸衣亦裂"。

布商们这才恍然大悟，"始悟二贼顶接作长人，假鬼以行劫"。那么后来将他们俩砍杀的"鬼"又是谁呢？人们认为是"真鬼"现身，将二贼击毙。而事实上，我们不难推测出，真鬼之所以与假鬼"服色面目相等"，势必是见过假鬼的人扮成，很可能就是被吓死的布商的家人。他们深更半夜埋伏在小桥边，发现了恶鬼的真身，想到报案也不可能将这二贼置之死地，干脆邀请练武之人扮鬼击杀之，以鬼杀鬼，自然无人追究了。

2．一鬼吓死一鬼

无独有偶，在纪晓岚的《阅微草堂笔记》中，也有两则"假鬼"遇到"真鬼"之故事。

这是一则长得端庄秀丽的农家妇女的故事。当时，她正和小姑一起"月夜纳凉，共睡檐下"，即将入梦之时，"突见赤发青面鬼，自牛栏后出，旋舞跳掷，若将搏噬"。这时正值夏收时节，家中的男子都到村子外面守场圃去了，家中只有姑嫂二人，结果都被这恶鬼吓住了，连话都说不出来。恶鬼将她们俩一一奸污，然后跃上墙头。正要逃离，忽然惨叫一声"有鬼"！一头栽倒在地。姑嫂二人见这鬼很久一动不动，才敢大声呼喊求救。四邻听到之后，赶紧跑了过来，见倒在地上的那个赤发青面之鬼，原来是戴了面具的大活人，把面具摘下，才发现是村子里的一个恶少，"已昏仆不知人事"；而把这假鬼吓到的"真鬼"，其实是摆在围墙外面的一个来自土地庙里的土偶。土偶被塑成鬼卒的模样，月光下显得尤其面目狰狞。

村中父老都说这是土地公公显灵，派土偶来惩治坏人，议论应该奉上些供品才对。一个路过的少年听了，哑然失笑道："这件事是我干的，本想吓唬我一个好友的。我的好友去担粪，我就把土地庙里的这个土偶放在他回家的路上，想吓他一大跳。本是一出恶作剧，谁知正好遇到了个假鬼做完坏事翻墙而出，哪里有什么土地公公显灵啊！"一位老人说："你那个好友天天担粪，你别的日子不戏弄他，为什么今天要戏弄他？恶作剧的方法有很多，你为什么没用别的办法，而抱了土偶来？可以放置土偶的地方有很多，为什么你偏偏放在了这一家的墙外？这都是冥冥中的神灵在做主，你不过是不知道罢了。"于是，还是组织村子里的人去祭祀了土地公公。

细想起来，老人的逻辑并不严密，一连串的偶然不等于必然，何况要是土地公公真的有灵，何必要等恶少强奸完妇女再出手整治，当场击毙不就好了？不过令人解恨的是，那个恶少被抬回家之后，躺了几天就死了。

与之类似的另一则故事，更加充满了喜剧感。

有个叫王碧伯的人，老婆去世了，"术者言某日子刻回煞"①。按照规矩，在回煞的时候，全家要都外出以"避煞"。王碧伯也不例外，

---

① 回煞也叫回魂，即民间认为人死后九至十八天会回到家里与亲人告别。

带着全家人外出。子夜时分，有一个盗贼穿着白色的长衣，戴着可怖的面具，"伪为煞神，逾垣入"。当他正在屋子里翻箱倒柜时，又有一个伪装成煞神的盗贼也溜了进来，一边走还一边呜呜叫着，学着鬼叫的声音。第一个盗贼一听，吓得汗毛直竖，"皇遽避出"。两个盗贼在庭院里撞了个脸对脸，"彼此以为真煞神"，一齐大叫一声，"对仆于地"。第二天早晨，王碧伯带着家人回来，一进院子，就看见俩"鬼怪"倒在地上。他当即吓了一大跳，后来仔细看才发现他们是戴着面具的盗贼，"以姜汤灌苏，即以鬼装缚送官"。沿路的老百姓看见绑了两个怪里怪气的家伙，一打听是这么回事，无不笑得前仰后合。纪晓岚在文末不禁慨叹："据此一事，回煞之说当妄矣！"

3．一人识破"群鬼"

其实，前文所述的种种"真鬼"，也无一不是人造或人扮的假鬼。世上本无鬼，有鬼皆为假。明代朱国祯所著《涌幢小品》中的一则笔记，将这一点说得十分透彻。

有位姓王的书生，从小喜欢读书。过年时，别的孩子都去放花炮看杂耍，只有他，"独安坐读书不辍"。老妈问他为啥不跟小伙伴们一起去玩儿，他说："观春何若观书。"不过，书呆子也有书呆子的好处，就是把书中的儒家思想全都奉为圭臬，所以有时候未免就"傻大胆"一些。

书生为了读书，希望找一个环境清幽能静心的地方，选来选去最后决定搬到龙泉山寺去住。传说这个寺庙曾有鬼怪作祟，正好有几个纨绔子弟"豪侠自负"，觉得自己都有拳打方世玉脚踢黄飞鸿的本事，所以根本不信这些，拿龙泉山寺当打怪升级的练功之地，没事儿就跑到庙里把和尚们揍一顿。后来这些纨绔子弟干脆就霸占了寺庙的主殿，把几个和尚赶到茅房去住。谁知有一天三更半夜时分，真的有碧眼蓝面，长舌独角的鬼怪破门而入，挥棒便打，那几个富家子吓得半死，哪里还顾得上抵抗，抱头鼠窜，在逃跑的路上"多有伤者"。后来，和尚们把这件事大肆宣扬，纨绔子弟们觉得丢人现眼至极，再也不敢在龙泉山寺里多待了，纷纷逃下山去。

书生好像根本不介意这件事，继续留在寺里安静地读书，吃饭睡觉都跟平时一样，"僧咸以为异"。

这天深夜，月光透过窗棂洒在地面上，床上王书生正卧榻安睡。突然，屋顶传来一阵奇怪的嚎叫声，凄厉而可怖，然后飞下瓦石，砸落在书生的床边。而书生则置若罔闻，继续呼呼大睡。第二天是个风雨雷电之夜，妖怪的叫声又起，关得紧紧的门窗异乎寻常地摇晃着，仿佛外面有什么东西正拼命要到屋子里来，而王书生"方檠灯端坐，神气自若"。就这么连番折腾了一个多月，感觉《封神榜》里有名的恶鬼、《西游记》中无名的小妖都跑到龙泉山寺轮训了一趟，而书生的读书生活却丝毫没受影响。

一天，和尚们一起涌入书生的房间，问他："我们寺里一直都在闹鬼，前一段时间很多富家子被伤，你难道不害怕吗？"

书生说："不怕。"

"那些富家子走后，你有没有遇到一些可怕的事情呢？"

书生说："没见到。"

"你一定见过，不要不承认。"和尚们坚称，"那是鬼怪在作祟啊，它们是嫌你住在这里触犯了它们，所以才出来驱赶你，你还能安心住在寺里吗？"

书生大笑："作祟的鬼我没看到，作祟的和尚我倒是看见了一群。"

和尚们顿时个个羞得面红耳赤，不过还在拿话来遮挡："也许确实是寺中死去的师兄们在作祟吧。"

书生笑得更厉害了："世上无鬼，死人如何能作祟？原来驱走富家子和一个月来吓我的'鬼'，就是诸位啊！"

和尚们还不认账："你亲眼见到了吗？不过是瞎猜罢了。"

书生说："我确实没有亲眼看见鬼，但如果你们没有搞鬼，又怎么会言之凿凿我一定会见到鬼呢？"

和尚们顿时哑口无言，只好承认所有的"鬼怪"不过是"假妖试之"罢了。

对了，这里还得交代一句。这位姓王的书生后来生了一个儿子，名叫王守仁，也就是后世推崇的大儒王阳明。

由此看来，扮鬼只能吓唬心中有鬼的人，对于那些根本不相信世上有鬼的人而言，则完全无济于事。也许有人会替那些扮鬼的人叫屈，认为"装鬼抢劫财物或装鬼奸污妇女，都罪不至死"，但是倘若他们不作恶在先，又怎么会引来杀身之祸？近年来，舆论似乎总在呼吁打鬼者要温良恭俭让，但细细想来，打鬼者固然要文明执法，但扮鬼者好像才是始作俑者吧。从这个角度讲，那些总是把自己打扮成公理正义化身的学者们，是不是也该呼吁一下扮鬼的人应该温良恭俭让一些呢？

第二章　要案：那些不知名的"狄仁杰"们

一、乾隆年间的"怪鸟杀人事件"

《名侦探柯南》相信大家都看过，其中有很多非常诡奇的案件，其案件往往源于一个可怕的传说或民俗，比如从天而降夺人性命的"雾天狗"，飘忽不定的山庄绷带怪人，阴森可怖的吸血鬼德古拉，等等，而实际上这些都是罪犯在装神弄鬼。在中国古代，很多审案者往往喜欢将之归结于鬼神作祟。不过，也有一些刚正不阿、不信邪的审案者会通过仔细的勘查和缜密的推理，成功地破解出真相。因为他们知道，一般案件的真凶都是人，而不是什么非自然力。这类案件的代表之一，便是徐珂编撰的《清稗类钞》中记载的"山东奸杀案"。

1．怪鸟杀人事件

乾隆年间，山东有位县令善于折狱（断案）。上任伊始，便要求调阅该县尚未破案的悬案卷宗，从白天到晚上一直在看。起初看到的都是些小偷小摸的案子，感到睡眼惺忪。但看着看着，突然神情一悚，还将油灯拨亮了几分。一旁昏昏欲睡却又不敢打盹的刑名师爷，见县太爷突然间精神振奋，便凑过来也看那卷宗，同时低声说："这个案子您可以不必理会。事过多年，全县百姓都知道这纯粹是闹鬼，几位前任县令都直接将其封存，老爷您也可以依样处理。"

县令一听，更加好奇。问师爷："这么说来，案件的经过你也知道几分？"师爷点了点头。县令道："那好，这卷宗上语焉不详，不如你说来听听，深夜叙鬼，真是别有趣味。"

于是，师爷便将数年前轰动全省的这一奇案娓娓道来。

县里有个做小买卖的人，家中虽然不算宽裕，但是温饱不愁。他家里只有一个儿子，娶了个非常漂亮的媳妇。婚后半年媳妇回娘家，满一个月之后，丈夫便高高兴兴地去接媳妇，在往家折返二十多里地时，途经一片古墓，"树木重蔽"，十分阴森可怖。这时，媳妇突然尿急，丈夫劝说："这地方相传有妖怪，能够附体在人的身上，咱们还是往前走一点，找个地方你再小解吧！"谁知媳妇说实在憋不住，丈夫只好由她去了，看着媳妇走进墓地中，消失在一片榛莽丛中。

过了许久，媳妇才从墓地中走了出来。丈夫看着她，觉得有些不大对劲，因为媳妇进入榛莽前所穿的裙裤是绿色的，出来时却变成蓝色了。更加奇怪的是，媳妇看上去有些神情恍惚，说话三句答不上一句，就连声音举止也像是换了一个人。丈夫怀疑是自己多虑了，但也没有多问。到家后，他跟父亲说了自己的感觉，怀疑是不是古墓中的鬼魂附体在了媳妇身上。老爷子笑道："哪里会真的有这样的事，八成是你太累了。"便让他们小两口早点睡下了。

这一家人居住在一个院落里，父母的房子与儿子和媳妇的房子是正对着的。直到看着小两口熄了灯，老两口才安心睡下。

到了深更半夜，老太太突然被什么响动吵醒，起来时发现对面的屋子亮着灯。于是便推搡老头子说："这都几更天了，他们那屋子的灯怎么又点上了？"老头子正做着好梦，被突然叫醒，十分不快，便嘟囔道："快睡吧，人家小两口过日子，你操那么多心干啥。"

老太太还是不放心，起床察看。刚刚打开自己的屋门，诡异的事情就发生了：对面屋子里的灯突然灭了，黑暗瞬间吞没了这个夜空下的小小院落，"旋闻有声似鸟鼓翼，继而嗷然如怪鸥怒号，破窗飞出"——小两口的屋子里，好像有一只鸟在噼里啪啦地扑扇着翅膀，继而传出凄厉的尖叫。紧接着，一只怪鸟破窗而出，消失在无边的夜色之中！

老太太冲进儿子儿媳的房间一看，眼前的场景令她肝胆俱裂：儿子腹部被刀切开，死在床上，肚肠流了一地，而媳妇早已消失不见了。

2. 真凶束手就擒

听完师爷的讲述，县令沉思片刻问道："后来，县衙里派人去勘查过现场吗？有没有发现什么异状？"

师爷道："起初怀疑是盗窃抢劫的案件，但是屋子里的匣子和箱子都完好无损，没有损失什么银子，床上的帐子也没有破损，只是床单不见了。最初接案的那位县太爷认为，这很可能是那家媳妇在墓地里小解时，被鬼魂附身，到了夜间阴气旺盛之时，鬼魂摄去了媳妇的肉身，又杀死了那个丈夫。既然是鬼神所为，绝非人力所能破，所以您也不必在此案上浪费心神了吧！"

"不！"县令摇摇头，"这不是什么怪鸟杀人，而是一起因奸成杀的谋杀案。"

师爷惊得目瞪口呆。

县令微微一笑说："且先睡下，明天我要重新审理此案。"

第二天一早，县令派遣捕头将那家丈夫的父母、媳妇的父母都提到堂上。然后，县令问他们："你们各自所在的乡村，最近几年有没有无故外出，久而不归的人啊？"

媳妇的父亲想了想说："我们村有个姓戚的，已经消失好几年了。

他离开得很是突然，杳无音信。"

"他离开是在怪鸟之案以前还是以后？"

"大约同一时期吧。"

县令一拍公案："就是这个人！"说着他让捕头将姓戚的父母给拘押了来，详细讯问此人过去经常出游或落脚的地方，然后按照其父母的供述，派官差去缉拿。官差到了清江浦这个地方的一个酒肆歇脚，正好看柜台后面的老板娘很像那个失踪的媳妇。官差们默不作声，继续喝酒，装作没注意到。没过多久，酒店的老板回来了，正是那个姓戚的家伙！官差们一拥而上，将二人抓获，带回县衙。

也许是多年逃亡，早已精疲力竭，姓戚的在堂前一跪，便竹筒倒豆子般将事情的经过一五一十地道了出来。

原来，那个媳妇与姓戚的是同一个村子的，早就勾搭成奸。媳妇嫁出去之后，两人断了联系，但是她回娘家那一个月里，竟然与姓戚的旧情复燃。因此，他俩合计着把丈夫杀掉，为了掩人耳目，便策划了一起"鬼案"：媳妇故意在丈夫接她回家的路上，执意到墓地解手，换掉裙袴，装成一副鬼上身后精神恍惚的样子。到夜里，媳妇悄悄打开房门，放姓戚的进屋，他们配合着捂住丈夫的嘴，并将其开膛剖肚，残忍地杀死。接着，媳妇先溜出屋子，在公婆的窗根下制造声响惊醒老人。与此同时，姓戚的在后背插好纸糊的翅膀，戴上模拟鸟嘴的面具，再点燃油灯。被惊醒的老人关心孩子，必然会注意到屋子里亮着灯，就在他们出门察看的一刻，媳妇发出信号，姓戚的吹灭油灯，一边扑扇翅膀，一边发出猫头鹰似的怪叫，然后破窗而出，逃之夭夭，从此便带着那媳妇远走高飞。

　　而那张失踪的床单，是因为在杀害丈夫的过程中，死者挣扎剧烈，床单上留下了凶手的血掌印之类的痕迹，"不类妖噬，故卷之而去也"。

　　真相揭晓，多年的悬案终于破解，大家在惊叹之余，不禁问县令是怎么判断出怪鸟不过是人扮的。县令说："这不是明摆着的事情吗？即便真的是妖怪摄人魂魄，要人性命，吸其精气也好，收其魂魄也罢，都不过是眨眼间就能办到的事情，哪里会拿把刀割破受害者的肚子，而且还夺走他的床单！这不是人为，又是什么？"

　　县令这番话，可能今天的读者听起来没觉得什么，但在古人中他绝对可以作为楷模。因为我国古代的鬼故事中，鬼怪致人死命的方式方法虽多，但一般都是吸人魂魄或附着在受害者身上引其自戕，极少拿把刀亲自动手，干剖腹剜心的活计——对于鬼怪而言，这技术含量实在太低。

　　的确，戚某和他的情妇设计的杀人伎俩，还是很动了一番脑筋的：从进入墓地小解之后的装疯卖傻，到故意制造动静让老太太当目击证人，拿走床单破坏物证，直至装扮成怪鸟破窗而出，如果写成推理小说，那真是非常不错的素材。只"可惜"，这么高超的诡计，在一个不怕鬼的县令面前，像窗户纸被轻易戳破。这也再次证明，世上本没有鬼，有鬼也是人扮的，而鬼最怕的，始终是不怕鬼的人。

二、摸钟：古人破案屡试不爽的"心理战术"

前段时间，笔者在北京的地坛公园举办了一场读书会活动，所讲题目是《水土难服——推理小说与中国传统文化的内在冲突》。主要内容是通过分析公案小说和史料笔记，总结出我国古代对疑难刑事案件的侦办方法，借此说明传统文化中的糟粕成分：轻视科学、无视逻辑、"定于一"的封建专制思想和官民互愚的社会氛围，最后导致古代中国不具备产生现代推理小说的土壤。

在读书会活动中，笔者把中国古代刑侦手段分成八种，分别是：看脸、拷打、神鬼、做梦、试验、查书、推理和利用犯罪心理。其中，最后一条引起了在场一些听众的兴趣。因为在大众的印象中，犯罪心理以及行为科学似乎是近几十年才在影视作品、侦探小说中见到的破案方式，没想到我国古人也有所使用。其实，中国古代利用犯罪心理破案跟现代的犯罪心理学和行为科学不是一回事，后者是通过犯罪现场勘查和走访调查得到的证据和线索，分析犯罪嫌疑人的行为特征，从而缩小排查范围、锁定真凶的一种科学的刑侦方法；而前者则是利用罪犯的某些心理特征来"挖坑"，使其自投罗网的办案方式。今天的叙诡笔记，笔者就来跟读者讲一讲我国古代利用这种方法侦破奇案的一个经典案例——摸钟。

1．手上的墨汁和背上的掌印

可能有些对我国古代探案故事有所了解的朋友，一看到"摸钟"二字，就已经猜到笔者要讲的，是宋代大科学家沈括记录在《梦溪笔谈》

中的一则名为《陈述古擒盗》的故事。

陈述古的本名叫陈襄，是宋代侯官（今福建闽侯）人，曾任枢密直学士、判尚书都省。他在担任建州（治所在今福建建瓯）浦城县县令期间，侦办过一个案件。在当地，有一家富户夜里被盗，丢失了大量的财物。虽然抓捕了很多嫌疑人，却不知道到底真正的罪犯是谁。陈述古随即说："某寺有一钟，至灵，能辨盗。"于是，派人去把那口钟抬来安放在后面的阁楼里，举行了祭祀仪式，"引囚立钟前"。接着，陈述古对他们说："这口钟的神奇之处在于，不是盗贼的话，摸它就不会发出声音，但如果偷了东西，摸它就会发出声响。"陈述古便带领县衙官吏捕役郑重其事地向"神钟"祈祷，之后"以帷围之"。然后引领所有的犯罪嫌疑人逐一进到帷幕里面去摸钟，待都摸完之后，钟也没响。这时，陈述古让所有人举起手来，绝大部分的人手心都沾上了黑色的墨汁，"一囚独无墨，乃见真盗"——原来陈述古在拉上帷幕后让人在钟上涂抹了墨汁，真正的盗贼害怕摸钟有声而不敢摸，于是两只干净的手掌暴露了他的犯罪事实。

不过，绝大部分书籍在用白话或原文讲解这个故事时，都会删掉原文的最后一句——"此亦古之法，出于小说"。也就是说，这个办法并非陈述古的发明，但"源头"在哪里，我翻查了很多资料都没有发现。反倒是在后来一部大名鼎鼎的文言短篇小说集中找到了"翻版"，那就是蒲松龄所著的《聊斋志异》中的《胭脂》。

《胭脂》写的是东昌卞氏家的女儿胭脂看上了南巷鄂秀才，欲与其私会，却被一个叫毛大的流氓得知。深更半夜，毛大假扮鄂秀才"越墙入女家"，因为对路况不熟悉，结果摸到了胭脂父亲的卧室，并与老头子厮打起来，"毛不得脱，因而杀翁"。第二天，死者被发现，官府按照胭脂的供述将鄂秀才捉拿而来。而"鄂为人谨讷，年十九岁，见人羞涩如童子"，被捕后吓得说不出话来，"唯有战栗"。这副模样反而让县令认为他是做贼心虚，一顿严刑拷打。鄂秀才一介书生，哪里受得了这个，"不堪痛楚，遂诬服"，最后被定了死罪。

后来，多亏复审时遇到了济南府知府吴南岱。吴南岱"一见鄂生，疑其不类杀人者，阴使人从容私问之，俾尽得其词，公以是益知鄂生冤"。在经过详细的审讯和仔细的勘查之后，吴南岱找到了几个犯罪嫌疑人，"并拘之"，然后把他们带到城隍庙，让他们跪在香案前。吴南岱说："杀人犯就在你们之中，今天面对神明，不得有妄言。如肯自首，尚可原宥，否则一旦查出，定当正法不饶！"那几个人"同声言无杀人之事"。吴南岱说："既然如此，咱们就让鬼神验之吧！"接着，他"使人以毡褥悉障殿窗，令无少隙"，再把几个犯罪嫌疑人的上衣扒了，"袒诸囚背，驱入暗中"，给他们拿来一盆水，让他们洗完了手，面壁站立，告诫他们："站好了别动，一会儿会有鬼神在杀人者的后背上写字。"过了一会儿，让他们走出黑漆漆的大殿。这时人们发现，其他人的后背都干干净净，而只有一个人后背不仅染了一层灰，还居然有两个掌印——此人正是毛大！吴南岱指着他说："鬼神已经指认你是真凶！"毛大登时瘫倒在地，如实招供。原来，吴南岱先让人在墙上涂了层白灰，又在给他们洗手的水盆里加了煤灰——黑暗中那些嫌疑人当然看不到这些"设计"。其他人都老老实实面壁，而真凶因为害怕鬼神在后背写字，所以一进去就把后背贴在墙上，等出来时又"以手护背"，所以背上先用白灰打了层"底"，而在底上又覆有掌印也！

2．溺水的女人和奇葩的凶手

想来古人识字率低、文盲多，也真的是误事。按理说《梦溪笔谈》里记录了，蒲老夫子又在那年头的"畅销书"《聊斋志异》中山寨了一篇，稍有文化的人都能知道"摸钟"这招儿"至今已觉不新鲜"，谁知居然还有"上钩"的，真是不可思议。

事见慵讷居士所著之清代笔记《咫闻录》。有个县里发生了一起奇怪的案件，青天白日的，一个妇人竟然双脚倒栽在水缸里淹死了。刚开始，大家还以为纯属妇人不小心，打水时身体失去重心掉进里面，但很快有一个小孩子出来作证，说亲眼看见是邻居某甲趁着妇人汲水时，将她推进水缸的。"县以命案为重，见有证供，即以邻居拟抵。"

某甲被押解到官府之后，"讯之，极口呼冤"。直到知府"提全案人证质讯"时，那个小孩子依然咬死了"是眼见邻居致死"。按照大清律例，对未成年人不能用刑，所以知府一时也没有办法，将他"唤进入署，以食骗之，亦不吐实情"。其他人都觉得既然如此，此案可以以某甲故意杀人告结。但知府总觉得某甲不像是个杀人的凶徒，于是他把所有案件相关人等带到城隍庙，事先把庙中那口大钟的里面用煤灰涂黑，再进行审讯，"讯之半堂，命统案人证，将手悬入钟内"。知府特别强调："昨晚我梦见城隍告诉我：此案虽然诡异，但他愿意助我一臂之力，能够将杀人者的名字写在其手掌上，你们把手伸进钟里之后，片刻即可拿出，但不许将手掌贴在钟里，不然城隍无法书写了。"

等知府让手悬于钟内的人把手拿出来时，一件令所有人目瞪口呆的事情发生了：其他人摊开的都是清白干净的手掌，只有那妇人的公公手掌上一片黢黑。知府立刻吩咐将他拿下："是你杀死了你的儿媳妇！"
而那老翁也当即认罪，原来他与某甲闹过矛盾，又一向看自己的儿媳妇
不顺眼，那一日"见媳在水缸汲水，以手向后抬之，其媳翻入水缸殒
命"。然后，他重金收买了那个少年做伪证，诬陷邻居杀人，可惜最后
还是因为不敢让城隍在手上写字，而将手掌贴在了钟内。

3. 丢失的金钗和变短的芦管

当然，古人利用罪犯心理破案，不会只有"摸钟"这一招，比如《宋
史》中记载的泰兴县令刘宰侦破的"富室亡金钗"一案，所用方法与"摸
钟"雷同。也是利用了罪犯"做贼心虚"的心理，达到使他人自供其状
的目的。

有个富户家里丢了一支贵重的金钗，当时家中只有两个女仆在放金
钗的屋子里做家务，"故疑之，执以送官"。两个女仆都喊冤。这要是
搁在别的官员，直接就上刑了，而刘宰在断案中则极少采用刑讯逼供这
种毫无技术含量的方式。他的方法是给两个嫌疑人分别发了一根芦管，
然后说："这是'神芦'，有辨别真伪的作用，你们每个人拿一根回家
去，明天再拿回来，没有偷金钗的人，芦管会跟今天一样长短，而偷了
金钗的人，明天芦管会长出两寸。"第二天一早，这两个女仆分别拿着
自己的那根芦管回到县衙，刘宰一看，其中一根保持原样，另外一根却
比昨天正好短了两寸。原来，偷金钗的女仆提心吊胆了整整一夜，就担
心芦管变长，因此便在今早截去了两寸，反而让自己暴露了。

古语"攻心为上"，利用罪犯的某些心理特征，如心虚、畏惧、胆
怯、惊惶、不惜一切地遮掩罪行乃至过度的自我保护等，请君入瓮、一

招制敌，都可以达到出奇制胜的目的，隐藏在帷幕里的那口大钟，涂黑也好，抹灰也罢，既是一种考验，也是一种隐喻。倘若心地坦白，那么手上也就一尘不染，倘若心存歹念，那么手上自然肮脏不堪。陈毅元帅作诗说"手莫伸，伸手必被捉"，用在这里简直再恰如其分不过。

三、陈涌金案件：嘉庆朝第一人伦惨剧

古人撰笔记，倘若写的是鬼狐仙怪等内容，总会尽量避免自我的介入。即便是有所谓的"真实经历"，也多半假借亲朋好友的视角来阐述，比如《子不语》和《阅微草堂笔记》中的"余甥""先君子""余同官""姚安公"（纪晓岚的父亲纪容舒）等，可能是因为作者明知笔下乃杜撰之事，又不好把自己写得像柯南似的，走到哪里都能碰到死鬼吧。

因此，当笔者读到清代学者许仲元在《三异笔谈》里记述的"陈涌金案"一文，颇有喜出望外之感，因为这篇文章不仅记录了嘉庆年间一场诡异恐怖的真实案件，更为重要的是，负责侦破此案的主审官员之一恰恰是许仲元自己。

1. 谋杀孤女寡妇的人是谁？

陈涌金案离奇复杂，如果想讲明白，必须先弄清案件中的几个主要人物：

陈涌金：药贩子，有四个儿子，长子早逝，次子名叫陈美思，三子和四子不做介绍。

陈美思：陈涌金次子，负责看守设在杭州的陈家药肆。

乐氏：陈美思之妻，生有二子。《三异笔谈》介绍她"黑脂而媚，如南汉宫人，性狡狯"。这里的"南汉宫人"，是指黑胖而媚态的乐氏很像南汉政权最后一位皇帝刘𬬱宠爱的一个波斯女人，《清异录》记载此女"黑脂而慧艳，善淫，曲尽其妙"。

吴氏：陈涌金长子的遗孀。

阿猫：陈涌金长子与吴氏生下的女儿。

高宏通：长年在陈家做活的长工。

主要人物介绍完毕，接下来笔者就为大家讲述这一奇案的前后经过。

陈涌金一家在浙江慈溪虽然算是名门大户，但秽闻不断。据传，由于陈美思长期在杭州经营药肆，很少着家，他的老婆乐氏便和公公陈涌金有了不干不净的关系。此外，由于长子无后（只有一个女儿阿猫），所以在乐氏的撺掇下，陈涌金曾经力主把乐氏的两个儿子之一过继给大儿媳吴氏。但吴氏对乐氏非常厌恶，不想让她继承长房的财产，所以坚决反对，这便埋下了乐氏对吴氏仇恨的种子。

恰好赶上吴氏生疟疾，乐氏便装出一副热心肠的样子去药铺买了药，还亲自熬了捧给吴氏喝。眼见吴氏的病情渐渐好转，对乐氏也和颜悦色了许多。这一日，乐氏正要熬药，忽然"发现"炉中炭火不够了，就让阿猫去拿炭。趁着阿猫离开屋子的时候，"于剂中入生鸦片三钱、木鳖子一钱"，生鸦片就不必说了，木鳖子亦有毒性，吴氏"服后寒战不止，遂绝"！

因为吴氏长期患疟疾，死亡的情状又是寒战不止，所以众人没有觉得她的死有什么异样，只有她的女儿阿猫怀疑自己去拿炭的过程中，乐氏在药中动了什么手脚。于是，阿猫在守灵的过程中痛哭不止，一边哭一边嘴里骂骂咧咧，不仅说母亲乃是被人毒杀，更在言辞中影射爷爷和二婶通奸。乐氏惊恐万状，就和陈涌金商量怎么办才好。陈涌金不仅为老不尊，且老而弥狠，一不做二不休，派家丁把阿猫抓到柴房里，污蔑她与长工高宏道通奸。阿猫哪里肯认罪，破口大骂陈涌金和乐氏是奸夫淫妇，陈涌金听得恼羞成怒，竟用一根铁钎子从她的嘴里插入，直贯后脑！阿猫一命呜呼，陈涌金和乐氏将她"乘夜埋于旷野"，对外只说她离家出走了。

毕竟纸里包不住火，陈涌金亲手灭了长子一门，令其成为众矢之的。而陈涌金也是邪魔入脑，竟利用身为族长的权力，把族中所有质疑他的人一律驱逐出慈溪。不仅如此，慈溪县令黄兆台在接到老百姓举报之后，竟然收受陈涌金贿赂，"以杀有罪子孙寝其事"——杀死有罪的子孙（指"通奸"的阿猫）不能算犯罪。这一下引得"慈民大哗"，各种传闻不胫而走，轰动了整个浙江。

在民众舆论的巨大压力下，浙江巡抚杨迈功感到巨大压力，不知从何入手，突然想起正在府署居住的许仲元来。

许仲元回忆，"时予奉迈功中丞檄，清理积案，寄居府署"。忽然接到杨迈功的指示，让他会同宁波知府姚秋坪一起重新查办陈涌金家的两条人命案。

2．阿猫最后拜谢的是谁？

姚秋坪于断狱上无甚才能，在接到上级命令后，干脆凡事都听许仲元的。许仲元建议，为了防止陈涌金销毁相关证据，所以先不要有任何"官方动作"，以免走漏消息。在此期间，先派可靠的人去慈溪秘密调查走访。对此，姚秋坪提出：自己家中有一老仆可用。许仲元表示，老仆不是慈溪本地人，不熟悉地理，容易露馅。马上，姚秋坪又提出一个人选，宁波府中某个老练的胥吏。许仲元再次表示反对，认为陈涌金案件闹得这么大，其必定不惜金钱打点，胥吏都知道这是捞一把的时候，保不齐与之串通一气，关键时刻，还是有儒家思想基础的读书人靠得住。最后，他们决定找"天一阁管书人邵姓，充学院吏，明干忠实可往"，姚秋坪"即密召之，授以方略"。

邵某极其干练，得到命令的当天就出发前往慈溪，二更即归。随即他向姚秋坪和许仲元汇报：他有个亲戚是陈涌金的邻居，对陈家的事情颇有了解，"亦访于数里同事某家，所言皆同，大约通奸事虚，谋产事实，故杀事亦实，棺埋丛葬处尚存"。

既然事实确凿，姚秋坪立刻下令将案件相关人等押解到府，并挖出吴氏的棺材和阿猫的尸首，重新尸检。尸检后发现，吴氏尸身确有中毒迹象，而阿猫死因乃"以铁钎自口揳其脑，杀之"。

开堂审讯的前一天晚上，姚秋坪的夫人做了一个怪梦，"梦见秋坪向东坐，中坐古衣冠人，两青衣锁一少女入，白衣衫上血迹如雨点。中坐人略诘问，即饬放之。女起，向北叩首，复向西谢秋坪，又前趋一步东向叩首，若知己之在后也"。如果解梦，大概那少女正是阿猫，因为死得冤枉，被阴曹地府的判官开释，并恳求在阳世为官的姚秋坪为她申冤做主吧！

不过，她"前趋一步东向叩首"感谢的人是谁，姚秋坪和夫人都想不出来。

这时，许仲元已被任命为金华知县，奉调赴任。而浙江巡抚杨迈功依然对他十分倚重，继续就陈涌金案件的侦办问题征求他的意见，许仲元"乃手书二十余条以答"。认真细致到这个份儿上，按理说应该很快能将真相大白于天下，谁知半路突然杀出了一个程咬金——陈家的长工高宏通主动投案自首，声称自己确实与阿猫通奸，阿猫死前刚刚产下一胎，埋于某处。

这一下舆论大哗，因为如果坐实了阿猫真的是"淫妇"，那么陈涌金杀她就是大义灭亲的行为，可以谅解。进一步说，甚至都不会有人追求其母吴氏的死因了，那么官方对此案的查办也应该即时中止。这一下，别说姚秋坪手足无措，就是一向足智多谋的许仲元也没了主意！

关键时刻，案件再次出现了令人震惊的反转。

有个名叫陈吴氏的人，一直在陈家做浣衣妇，是个少言寡语的粗笨下人。这时，她突然站出来，交出了一件令所有人都完全没想到的物证——"阿猫被难前三日月布一缚"！

阿猫死前三天，曾经将一块月经布交给陈吴氏，让她清洗。但陈吴氏恰好有事，扔在桶里没有来得及洗。基于阿猫无辜被害的义愤，这时她拿了出来，对整个案件的审理起到了决定性的作用！

一见此物，高宏通顿时瘫在了公堂之上，他承认自己与阿猫根本没有什么奸情，一切都是慈溪县令黄兆台的指使，"贿高自认奸夫"。

案件到此，真相大白，恶有恶报的时候终于到来。杀人凶手乐氏被判斩立决，高宏通被判流放，黄兆台"部议革职，特旨发军台"，而陈涌金"年已七十，例得免罪"。不过，这个作恶多端的老家伙也因为身败名裂，很快一命呜呼了。

直到这时，姚秋坪的夫人才恍然大悟，梦中阿猫"前趋一步东向叩首"所感谢的，正是粗朴的浣衣妇陈吴氏！

3. "杀光"两个村子的人是谁？

《三异笔谈》作者许仲元留下的个人资料很少，甚至连他的真实姓名叫"许仲元"还是"许元仲"都存在争议。据占骁勇先生在《〈三异笔谈〉与〈绪南笔谈〉二书之关系及其作者小考》一文中的考证，许仲元是清代松江府（今上海市）人，曾经九次乡试都没有考上，只好靠着给官员当幕僚为生——在我看来，仅许仲元在陈涌金案审理中表现出的能力，足以见得科举应试真的是"淘汰"了一大批经世济时之才——他"足迹遍天下，未至者惟两粤、奉天、甘肃及福建五省"。后因才干卓著，被派往云南，署理楚雄府广通县。嘉庆十年（1805 年），他任兰溪知县，嘉庆十九年至二十一年（1814—1816 年）署永嘉知县，嘉庆二十二年（1817 年）任昌化知县，道光七年（1827 年）罢官后寓居杭州郡斋，写成《三异笔谈》一书。

由这段履历可知，陈涌金案的案发和审理，是嘉庆二十二年的事情，当属无疑。

许仲元自己是个断狱高手，在他的《三异笔谈》中，对其他认真办案的官员也多有赞许。比如发生在云南宜良的一起"灭门大案"——这起案件中"死者数十，灭门者数家"，整整两个村子的人竟死绝了。由于"地处山僻，两村既尽死，阗无知者"。直到好几个月之后，有其他村子的人经过，看见遍地尸骸，吓得魂飞魄散。由于尸身上并无伤口，每个死者面容都狰狞可怖，所以云南省上下纷传此乃"鬼杀"。多亏了宜良县令施延良是个不信鬼神的人，"密往勘之，则骨发狼藉，不辨何貌，并不计何数"。但现场留下了大量婚娶之物，甚至从服装上还能看出哪具尸体是新郎新娘。施延良又到附近一些村庄细细调查走访，得知大约的"案发时间"，恰恰是暴死的两个村庄的一对青年男女通婚的日子。这时，仵作也根据尸检证明，所有尸体都存在砒霜中毒的迹象，而村中为了迎婚准备的喜宴器皿、厨具中都检出了砒霜。施延良于是推理得出结论：这一定是婚宴的厨师把用来除地中病虫害的砒霜误当成盐下在饭菜里，"少顷，娶者归，女家亦阖村来送，嘉礼才毕，饥渴方殷，聚而大啖，须臾两村数十人皆死，盖仓促间误以种地信砒霜末益盐煮馔也"。

令许仲元钦佩的，还有广东惠州府和平县县令姚西垣。当地有个流氓打死了一个乞丐，然后将尸体搬到某富户田中。接着，他跑到官府去告状，说自己的弟弟被某个富户杀害了，想趁机讹诈富户。姚西垣"立往勘验"，果然发现死者的尸体横卧于富户的门前。正当所有人都认定确实是富户杀人时，姚西垣却继续蹲下身子勘查现场，结果发现草尖上居然有一溜血迹，一直通到田外，不像是死者被追赶或搏斗时流下的，反倒像是尸体被扛在某人肩膀上背来时，一路滴落的。于是，姚西垣不去审富户，而是对那个报案的"哥哥"严加审讯，终于查明了事情的真相。

也许在今天看来，无论许仲元、施延良还是姚西垣，并没有福尔摩斯那样高超的推理才能，只是围绕案件做踏踏实实的走访和调查而已，倘若我们了解到那个时代有多少官员庸碌无为，有多少官员贪赃枉法，就可以理解许仲元们的不易。尤其许仲元，作为一个在《三异笔谈》里大书特书诡事奇闻的人，临到正事时一丝不苟、忠于职守，绝不以"诡"为"鬼"。是的，虚幻与真相，人家拎得清。

四、"万源夹道命案"的小说与真相

《客窗闲话》是清代学者吴炽昌撰写的著名笔记小说，其中很多内容都系根据一定的史实加工而成，而《严氏》一文又可谓这部名作中的名篇。这篇故事是根据道光二十一年（1841 年）发生在北京的一起轰动一时的真实大案编撰而成，案件的地点就在今天北京琉璃厂古文化街的万源夹道上，故被时人称之为"万源夹道命案"。

1．一个居心叵测的男仆

下面就先来介绍一下《严氏》这篇文章，毕竟对"万源夹道命案"的描述，没有比此文更加详细和生动的了。

"金阊张子，率妻严氏，在都市开张杂货肆，即在后胡同作寓。"金阊是苏州的别称，这句话的意思就是苏州有个姓张的人，带着妻子严氏来到京城，开了一个杂货铺，两口子就在杂货铺后面的胡同里租了套房子居住。这房子有"三上四厢"，即三间正房，四间厢房。这么大的房子，却只有姓张的和严氏以及他们刚满十二岁的儿子同住，显得空荡荡的。而张老板又经常外出进货不在家，于是便雇了一个年轻的寡妇陪着严氏住，偶尔也帮忙做点儿家务什么的。

杂货铺雇了一个伙计，已经五十多岁了，每天严氏做好了饭，就送到铺子里，张老板叫老伙计一起吃。老伙计觉得老板一家人太辛苦，就说："家中何不再雇一个男仆，有什么力气活儿或者需要外出的活计，交给他来做？"张老板表示同意。恰巧这一段时间，每天老伙计早起打扫杂货铺内外的卫生，发现外面非常干净，"似已有人代为扫除洁净"。
他留心观察，发现原来是一个小伙子所为。老伙计便问他何以帮忙，那
小伙子说："我是南方人，流落到京城，十分落魄，日夜奔走，到处劳
作才能糊口，到了晚上连个住的地方都没有，只好在您家杂货铺的门口
打个地铺。虽然您不知道，但我心里不安，所以每天早起都打扫干净才
去其他地方做工，略效微劳，不足挂齿。"

　　老伙计觉得这小伙子机敏、勤劳又懂事，便向张老板推荐。张老板
留他在家一段时日，发现"其人不惜辛勤，不辞劳瘁，凡所作为，能先
得主人意，内外皆爱怜之"，于是被正式雇用为男仆。当然，家里人都
不知道的是，短短数月，这男仆已经与那个陪住的寡妇勾搭成奸，而且
在没人注意的时候，他的一双眼睛总在貌美的严氏身上盯来盯去。

　　半年之后的一天，张老板去通州办货，叮嘱男仆住在门口的客房
守住门户，而严氏则带着儿子住在正房，与那寡妇同室。这天夜里三更
时分，儿子已经入睡了，只有严氏和那寡妇还在烛光下做着女红。突然
门口传来叩门声，严氏很惊讶，这么晚了怎么会有人上门？便让那寡妇
不要出声。谁知寡妇起身已经把门打开了，男仆从外面跳进了屋里，手
持一把雪亮的钢刀。他一把抱住严氏，满面狰狞道："今天晚上你且乖
乖为我求欢，不然连你带你儿子，都要死于我这口刀下！"严氏大呼寡
妇，让她赶紧出门去叫人，寡妇却将门窗反掩上锁，淫笑道："反正主
人不在家，你何不答应了他，以求一夕之欢呢？"

　　严氏一头汗都下来了，她终于明白，现在自己和儿子已经被这一对
恶狼挟持了。

2．一位智勇双全的妇人

屋子里寂静了片刻，眉头紧锁的严氏突然笑了。

这一笑千娇百媚，尽管看得男仆怦然心动，但他手里的刀仍旧没有丝毫放松："你笑什么？"

"我笑你又坏又蠢。"严氏嗔怪道，"说你坏，没想到你到我家打工，却不老老实实干活，竟对我动起了那些不干不净的心思。说你蠢，这里只有一张床，我儿子正在熟睡，如何求欢？闹将起来把他惊醒，被他看见，恐怕从此泄露，你还想不想有下次了？有啥事咱们去西厢房办，那里僻静。"

一听说还有下次，男仆早已心花怒放。严氏说要换身衣服，男仆便让那寡妇抱上被褥往西厢房去，自己也过了去。严氏脱去外衣，换了一身便于行动的短衣，走进了西厢房。男仆扑上来便抱住她说："闲话少说，且解我渴！"严氏推脱道："我素来喜欢你做事精细伶俐，今天却怎么这样莽撞粗鲁？我和我丈夫行房时，不喜欢清醒相对，总爱喝上几杯，恍惚迷离中更有陶醉。"男仆没办法，便让那寡妇取来家中的美酒，"并携果食，共倾饮之，香美异常"。严氏尽力劝酒，寡妇不怎么喝，男仆却一杯接一杯，顷刻之间便酩酊大醉，把衣服脱了个精光，让严氏来相陪。严氏便让寡妇先到门外等候。寡妇以为她不好意思，掩笑而去。

严氏先将门关好，再将男仆扶到卧床上躺下。而男仆的那把钢刀就在枕边，她立刻夺刀在手，挥手便砍！这一刀下去，正砍在男仆的肚子上，"已破其腹"。男仆疼得惨叫一声，从床上跃起。严氏照着他的脑袋又是狠狠一刀，将他的半张脸削了下来，男仆跌倒在床上，没挣扎几下就一命呜呼了！

门外，那寡妇轻轻地敲门，吃吃笑道："你们闹得这么厉害，被邻居听见了，知道主人不在家，岂不是要泄露吗？"

严氏打开门，"乃反臂隐刀身后"。那寡妇一步三摇地走了进来，一眼看见床上血尸，惊恐万状，"正欲声喊，严从脑后力劈之，颠扑炕上，亦毙"！

将两只恶狼都杀掉，严氏这才松了一口气。她换下沾满鲜血的衣服，出了西厢房，接着将门从外面锁上，回到自己的房间。第二天一早，她让邻居把杂货铺里的老伙计唤来，对他说："昨天夜里，男仆和那寡妇一同私奔了。所幸家中财物并无损失，你马上去通州一趟，让老板速速回家，看看需不需要报官。"老伙计一听十分震惊，但是他一向对严氏的治家能力心悦诚服，便赶紧去了通州。傍晚时分，张老板回来后严氏才把自己和儿子昨夜遭受挟持，绝地反击，自救成功的事情告诉了他。随后，他打开西厢房门让他看里面的两具尸体，张老板吓得浑身哆嗦，想趁夜把两具尸体拉到荒郊野外偷偷掩埋。严氏说："现在怕也没有用，你必须赶紧出告。我会担下一切罪责，争取从轻发落。否则把尸体搬到其他地方埋了，一旦事泄，反倒什么都说不清楚了。"张老板同意了，赶紧去报官，官府派来仵作勘验，证明严氏所言为实。"奏交秋部大司寇鞫之"。官府按照有关刑律，不但"释严氏夫妇而瘗二尸"，并且还悬额旌表，以嘉奖严氏的贞烈与机智。

3．一场没有悬念的审判

《严氏》这篇笔记小说，乃是根据时任宗人府小吏赵季莹在《涂说》

中的一篇题为《贾氏》的文章改编的。而赵季莹写《贾氏》，则是因为他亲自到刑部旁听了万源夹道命案的审理经过，并记录下了官方对此案的判词。

万源夹道迄今犹在，是一条位于北京琉璃厂西街的窄巷。因为太窄的缘故，所以连胡同都"构成"不了，只能以"夹道"相称。今人以为琉璃厂自古就是专门售卖古玩字画的"文化一条街"，其实并非如此。在清朝，这里卖的东西很"杂"，比如卖水晶眼镜的徐润斋、卖乌须药的仁寿堂、卖烟火鞭炮的九隆号、卖酸梅汤的信远斋，最初都在琉璃厂。而"万元号"乃是一家经营南味食品的蜜食鲜果店，专以制作精良而享誉京城。旁边的一条夹道便被附近居民称为"万元夹道"，后来又改成"万源夹道"。

跟小说里的描述相同亦有不同的是，真实的"万源夹道命案"中，严氏的丈夫张某并不是什么杂货铺的老板，而是万元号的伙计，家住"店右之夹道"。严氏是苏州人，据记录，她是一个"姿容秀美"的妇人。他们家中原来雇有女仆和厨子各一人，厨子各种行止不端，被张某解雇了，但他与女仆一直保持着奸情。道光二十一年（1841年）春，张某去天津办事，厨子便趁机在三更半夜跑到其家中与女仆幽会。严氏发现后，勒令厨子马上离开。谁知那厨子早就贪恋她的美色，拔出随身携带的厨刀威胁严氏，向她求欢，而那女仆也在旁边助纣为虐。严氏机智勇敢，假装应允，趁着厨子和女仆不备，夺刀将他二人杀死，然后给丈夫写信，把情况如实相告，天明后将信交给信差，从容来到官府投案自首。这件案子涉及"凶杀""奸情""色诱"等等诸多抓人眼球的元素，引得京城轰动。据说审案时，刑部外面被围观的百姓围了个水泄不通。

不过这桩案子虽然奇特，但审讯结果却没有什么悬念。按照《大清律》，"妇女拒奸杀人之案，审有确据登时杀死者，无论所杀系强奸调奸罪人均予勿论"。意思是说女性在反抗强奸时杀死强奸者或协奸者，不用负任何刑事责任。当然也有例外，嘉庆二十四年（1819 年）四川省有位妇女李何氏因为反抗强奸而致强奸者死亡，被四川总督拟以绞监候死罪。照规矩，凡是判处死刑的案件要上报刑部、大理寺、都察院这三法司复核。刑部认可死刑拟断，但大理寺不干了，提出"明刑所以弼教，妇女首重名节"。官司打到嘉庆皇帝那里，嘉庆皇帝觉得匪夷所思，没听说过妇女反抗强奸还有罪的，把刑部和四川总督臭骂一顿，李何氏无罪释放了事。

因此，在审理"万源夹道命案"时，主审官员对严氏的勇于自卫是"深表嘉许"的，因此当场结案，将严氏从轻发落。这一审判结果自然是大快人心。此案在当时社会上传播甚广，很多文人在笔记中都进行了记录。除了《涂说》和《客窗闲话》之外，还有齐学裘写的《张烈妇手杀二贼》，收录于《见闻随笔》之中，时人亦做诗称颂："呜呼女子真丈夫，深沉智勇世所无！失身从贼不足道，拒贼未免先捐躯。岂如谈笑毙二贼，名完节立身不污。"

有时，我们在新闻中也能看到一些女性权益惨遭侵害。笔者认为，遇到任何问题都应该坚持依法解决，最后有关部门再经常给全社会普及一下正当防卫——尤其是女性如何依法进行正当防卫的知识，也许某些事儿就不会发生了。笔者少年时，常听长辈们说：遇到野狗，你越跑它越追，你要恶狠狠地瞪着它，弯下腰做出捡石头的姿势，它掉头跑得比兔子还快！

五、道光年间的寒山寺"一百四十余人命案"

"月落乌啼霜满天，江枫渔火对愁眠。姑苏城外寒山寺，夜半钟声到客船。"这首脍炙人口的《枫桥夜泊》曾吸引过无数旅人造访寒山寺。但对寒山寺的一段旧史，恐怕没有几个人知晓，那就是这座寺庙曾经在道光年间（1821—1850 年）突然被废弃，直到光绪三十二年（1906 年）才由江苏巡抚陈夔龙重新修复。而导致其废弃半个世纪的原因，则是一起耸人听闻的"一百四十余人命案"。

1. "忽一日尽死寺中"

"寒山寺在姑苏城外，唐人诗已累累见之，千余年来，为吴下一大禅院。"清代学者薛福成在《庸盦笔记》里的这句话，足见寒山寺历千余年而不衰的盛况。但是在道光年间，"寺僧之老者、弱者，住持者、过客者，共一百四十余人，忽一日尽死寺中"。

《庸盦笔记》与很多清代笔记不同之处在于，其中所述内容真实者多而杜撰者少，所以其史料价值大于文学价值，而寒山寺发生的这起离奇的命案亦翔实可信。有一天，去寺庙上香的香客走进寺门，发现寺内寂静如斯，只见累累遗尸，顿时吓得魂飞魄散。香客立刻找到地保，一起报官。突然死亡一百四十余人，搁在哪个朝代都是特大命案。县令不敢含糊，赶紧带着仵作前来勘查现场和验尸，发现尸体上并无伤口。恰好有个在室内做饭的厨工死而复苏，县令问他"诸僧今日食何物"，那厨工说"吃面"，县令就详细询问是谁煮的面，用了什么佐料调的面汤等等。那个厨工说："今天正值方丈和尚的生日，他特别让我们设素面以供诸僧和香客。我恰好在后园中发现两枚蘑菇，紫色鲜艳，其大径尺，于是采下来调羹浇面。但觉其香味鲜美异常，还没来得及亲口品尝，忽然头晕倒地，不省人事。醒来才知道寺里死了这么多人。"说着不免号啕大哭。

县令让他带路到采摘蘑菇之处，又在丛莽中发现了两枚颜色鲜艳的蘑菇。县令让衙役摘下蘑菇，在蘑菇下面发现两个洞穴，"县令复集夫役，持锹镢，循其穴而发掘之"。挖了一丈有余，突然钻出来大大小小数百条赤练蛇，"有长至数丈者，有头大如巨碗者"。原来这些蘑菇的下面就是赤练蛇出入之所，那些蘑菇长年累月受到蛇毒的熏染，早已成为剧毒之物，故僧食之无一生还。"县令乃命储火种，发鸟枪，一举焚之，蛇之种类尽灭"，而寒山寺也从此荒废了。

如果说在"动物性野味"中，致死最多者不好统计的话，那么在"植物性野味"中，拔头筹者绝对是菌菇。此类案例在古代笔记中记载很多，但像寒山寺这样一下子毒死一百四十余人者，则极其罕见。众所周知，现在科学研究已经证明，毒蘑菇上的毒素都是"自带"的，但古人囿于科学不昌，所以往往认为毒蘑菇是有毒的蛇虫熏染而成。比如，宋代陈仁玉就在《菌谱》中说："俗言毒螫气所成，食之杀人。"明代谢肇淛在《五杂俎》里说："菌蕈之属多生深山穷谷中，蛇虺之气熏蒸，易中其毒。"还有清人吴林在《吴菌谱》里提到一件事：阳山西花巷里，有个人"在一荒墩上采菌一丛，煮而食之，率然毒发"。官府在调查这一案件时，往他采菌处搜寻，"掘之，见一古冢，满中是蛇"。就连明代大文学家、美食家李渔在《闲情偶寄》里也坚定地认为："盖地下有蛇冲，蕈生其上，适为毒气所钟，故能害人！"

2. 口蘑价格是木耳的两千倍！

尽管食用毒菌菇不免致命，可是分辨菌菇是否有毒的办法在古代却莫衷一是，干脆说就是全不靠谱。如谢肇淛在《五杂俎》中说："凡菌为羹，照人无影者，不可食。"《食疗本草》里说："凡煮菌，投入姜屑、饭粒，若黑色者杀人，否则无毒。"

即便如此，人们还是像拼死吃河豚一样，想方设法采摘蘑菇烹饪，原因只有一个：蘑菇真的很好吃。

作为中国历史上屈指可数的大美食家李渔，他在《闲情偶寄》里一边痛陈菌菇的毒性酷烈，一边又盛赞菌菇："求至鲜至美之物，于笋之外，其惟蕈乎……苟非有毒，食之最宜。此物素食固佳，伴以少许荤食尤佳，盖蕈之清香有限，而汁之鲜味无穷。"另外一位大美食家袁枚在《随园食单》中亦云："蘑菇不止作汤，炒食亦佳。"事实上蘑菇作为一种珍贵的食材，从经济的角度有更直观的体现。美国学者谢健在《帝国之裘》一书中考证：清朝时期"每采一斤蘑菇，采菇人能挣七钱到一两二钱的银子，如果一年的收获量达到八千斤，仅从批发商那里产生的利润就能达到九千两银子"。这绝对是一笔巨款，因为北京的普通旗人一个月的收入只有四两银子。18世纪末，北京的衙门要求一斤蘑菇与一件新貂裘要收同样的税。《岫岩县志》记载，1927年，每斤口蘑的价格居然是每斤木耳的两千倍！

也正因此，当人们采摘到野生蘑菇时，往往喜出望外，忘了胡乱食用可能有性命之虞。如宋代学者洪迈在《夷坚志》中写崇宁年间事："苏州天平山白云寺五僧行山间，得蕈一丛，甚大，摘而食之，至夜发吐。三人急采鸳鸯草生啖，遂愈，二人不甚肖食，吐至死。"在这里，鸳鸯草其实就是金银花，"此草藤蔓而生，对开黄白花，傍水处多有之，治痈疽肿毒有奇功"。《五杂俎》记嘉靖壬子年（1552年）四月有这样一件事，"金陵有井皮行者，于其家竹林中得一大菌，烹而食之，数口皆毒死"。

说了这么多中毒的案例，自然也有解毒的案例。如清人朱海在《妄妄录》里就曾总结了一套"甘草解毒法"：于惊蛰日找一个大竹筒，"去皮，两头留节，一头开一小孔，以甘草研细末满贮筒中，用木塞紧，再以桐油、石灰封固，浸大粪缸内一年"，此后遇到有吃了毒蘑菇中毒的，从中取甘草末一两，冷水调服，可立愈。想来是甘草有解毒之效，加上粪臭可以催吐的缘故吧！

3．吃了"笑矣乎"差点笑死人

说来奇特的是，毒蘑菇除了毒死人以外，还能让人患上奇怪的疾病——比如狂笑不止。宋代陶谷在《清异录》中有记："菌蕈有一种，食之令人得干笑疾，土人戏呼为'笑矣乎'。"清末学者俞樾在《右台仙馆笔记》中则记录自己亲历一事：他所住的马医科巷，邻居姓潘，潘某的丈母娘跟女儿女婿生活在一起。有一天，老人家吃完蘑菇之后，觉得肚子不太舒服，就到床上躺着，然后不知不觉间开始吃吃地发笑，继而大笑不已。她的女儿听到笑声，赶紧来问母亲是怎么回事。其母说："我吃了毒蘑菇了，恐怕要死了！"说是这么说，可是依然笑不绝口，过了一会儿她站了起来，旋即跌倒在地，遂伏地狂笑。其女见母亲此种情状，惊惶失措，突然想起隔壁住着的俞樾是个大学问家，且颇通医学，赶紧叩门求救。俞樾"检视沪上所刊经验良方"，知道患者吃的乃是"笑菌"，用薜荔可以治疗。恰好家中小园种有薜荔，他们"乃采一束，煎汤与之饮之，须臾笑止，至今无恙"。

其实从现代科学研究来看，这位老人家吃的蘑菇里应该是含有神经精神型毒素，如光盖伞素等就是这类毒素中最著名的。这类毒素可引起交感神经兴奋、心跳加快，导致患者兴奋异常，产生幻觉，从而大笑不止或狂歌乱舞，仿佛喝醉酒一般。当然，也正是因为不同的蘑菇含有不同的毒素，所以在遇到某些奇特的疾病时，有些毒蘑菇也可以化毒为药，起到对症之效。

清代学者钮琇在笔记《觚剩》中写过一事：明朝万历年间，吴元夫总制两粤，他只有一个儿子，"甫弱冠而身染黄病，吐呕膨胀，不能饮食。两粤名医，延致殆遍，百治不效"。于是他便贴出求医榜文："府中公子患病，有能治者与百金。"有个名叫林茂的赌徒输光了家当，饿急了眼，便想先揭下榜来，混个饱死鬼，"遂揭榜纸纳于怀"。被请进府中后，吴元夫问林茂是否懂医，他硬着头皮说懂，于是吴元夫让左右把儿子扶出来。林茂放眼望去，只见眼前这位公子面黄如金，奄奄一息，让人惊奇的是他的肚子不是一般的膨隆，好像顶着口锅。林茂一边装作给公子把脉，一边想混顿饱饭就开溜。于是信口说："这个病不难治，待我进一草药，定获神效。"吴元夫一听，赶紧赐以酒食。林茂吃饱喝足，出外寻找"草药"。本来他准备就此脚底抹油，谁知吴元夫亦有防备，"遣中军官与同骑而出"，其实就是防止他逃跑。偏巧林茂饥饿很久，突然吃了一顿饱的，消化不了，腹中作痛几欲堕马。行至城外旷野之地，便下马对中军官说去找草药，实则是解大手。解完正待起身，"见鲜蕈一枝，色白肥大，采取入袖"，回来告诉中军官说："仙草已得。"便联辔还府，煮汤给患者喝下。

当夜，林茂被留在府中。他因为心中有鬼，辗转难寐，暗想若是那白蘑菇无毒还好，倘若有毒，患者吃了一命呜呼，吴元夫岂能饶了自己……第二天一早突然有人急匆匆来找林茂，林茂以为把戏拆穿，吓得魂飞魄散，谁知跟着那人进了内府，只见吴元夫的公子正坐在床上喝粥，巨腹已平。公子对林茂说："昨晚喝完先生的药，吐了一大口浓痰，痰中有三根红筋，析而细视，则是血裹人发，纠缠成团。吐后胸膈空洞，再无膨胀感，我的病彻底好了！"吴家上上下下自然感激不尽，不仅设宴款待数日，临别时"赠以冬夏之服一箧，黄金十笏，白金三百两"。

事虽荒诞不经，但也证明了"是药三分毒"与"是毒三分药"不过是同一件事的两面。其实就以蘑菇本身而论，恰是这种"两面性"的集中体现：吃对了是美味佳肴，吃不对就是穿肠毒药。今天，蘑菇已经大规模科学养殖，无论多么珍惜的品种，只要安全无害，都可以在市场上买到。即便如此，也总有些迷恋"野味"的人喜欢去采摘野生蘑菇，以为能在人迹罕至之地，尝到世间难寻之味。可他们忘记了蘑菇的两面性，更忘记了世间万事万物都存在着这种两面性。因为就在人迹罕至之地，存有世间难见之毒。

六、古代笔记中的"名侦探鹦鹉"

前面我们说过，古代囿于科学不昌，刑事案件的破案率往往很低。一桩案件发生了，破案的主要方式是先凭着"直觉"怀疑某个或某几个目标，然后严刑拷打拿到口供，结案了事。这样做，极容易造成冤假错案。只有极少数擅长"折狱"的官员重视调查研究，对物证和人证反复核实，结合法医技术，捕捉嫌犯辩解中的逻辑错误，令其俯首认罪。不过，也有很多刁钻狠恶之徒，刑讯也好、举证也罢，就是不招，这种情况下，办案的官员就只能祭出最后一招了——非自然力量，或者说请冥冥之中的鬼神来相助。虽然这种方法属于诱供，有点儿不大光明磊落，但对那个时代总相信头上三尺有神明的人而言，还是很有效的。

比如，我们今天说的一只名为鹦鹉的小家伙，就是古代断案中不时出现的"名侦探"之一。

1．只有鹦鹉看到了凶杀过程

我们先来看看五代时期政治家、学者王仁裕在《开元天宝遗事》中记录的"鹦鹉告事"的故事。

长安城中个名叫杨崇义的人，是个超级富户，累世的财富，使得他家的珍宝古玩"僭于王公"。有钱人的妻妾大多是"高颜值"的，杨崇义老婆刘氏也不例外，国色天香；有钱人的妻妾一般都富裕得只剩下道德这么一个"贫困项"，刘氏亦不例外，与邻居家一个叫李弇的人私通。这两人趁着杨崇义不在家的时候没少滚床单，"情甚于夫"。从前面的内容中我们也能推导出，既然奸夫比丈夫更亲，丈夫的生命就只剩下倒计时了。有一天，杨崇义在外面喝得酩酊大醉，跌跌撞撞地回到家便倒在床上酣睡。刘氏悄悄地打开了后门，把李弇放了进来，两人拿一根绳子勒在了杨崇义脖子上，将之勒毙，然后将尸体埋在了后院的一口枯井中。

夜半杀人，"其时仆妾辈并无所觉，唯有鹦鹉一只在堂前架上"。

杨崇义是一家之主，虽然平时生活放浪，夜不归宿也是常事，但十天半个月见不到人就有点反常了。一家子都慌了神，而刘氏表现尤为紧张，她让家中的仆人四散开来寻觅其夫，并在人多的街市上贴榜，悬赏找杨崇义，赏格还颇高。然而过了很久，依然活不见人死不见尸，刘氏估摸着时间差不多了，就装出一副悲痛不已的样子，泪洒衣衫、乱鬓如云地跑到官府去告状，"言其夫不归，窃虑为人所害"。

杨崇义是富可敌国的大户，这样的人物失踪，当然不可等闲视之。"府县官吏，日夜捕贼"，但怀疑的主要目标还是家中的仆人，"经拷捶者百数人，莫究其弊"。刑讯逼供了一百多人，还是没找到杨崇义，官府一时间手足无措。

后来，县官带着一些人突然来到杨崇义家中搜查，这可让刘氏有点手足无措，不过她也并不担心，因为尸体埋在枯井中，万难找寻。果然，一群衙役们把房间、院落翻了个底朝天，还是一无所获。正当一众人等要沮丧地离开时，堂前架上的那只鹦鹉"忽然声屈"，也就是说鹦鹉竟然开始喊冤。

县官十分惊讶，将鹦鹉从架上取下，放在胳膊上，问它喊的哪门子冤，鹦鹉大声说："是刘氏和李弇合谋杀死了我的主人！"

刘氏万万没有想到一只鹦鹉竟揭穿了谋杀的真相，顿时面无人色，腿脚一软，跌坐堂下，县官立刻命令衙役们"执缚刘氏，及捕李弇下狱"。刘氏和李弇认为鹦鹉此举，乃杨崇义的冤魂作祟，只好招供，落得了个"依刑处死"的下场。

长安府尹将事情的前后经过上奏给时任一国之君的唐明皇李隆基，李隆基听说后，"叹讶久之"，加封那只鹦鹉为"绿衣使者"，交付后宫喂养，以酬劳它替主人申冤的功劳。

2．2003 年的一次"鹦鹉捉贼"

也许是长了一身漂亮的羽毛、稍加训练又会说人话的缘故，鹦鹉在中国古代文学中一直扮演着聪明伶俐、善解人意的角色，祢衡在他的名篇《鹦鹉赋》中就这样描写道："惟西域之灵鸟兮，挺自然之奇姿。体金精之妙质兮，合火德之明辉。性辩慧而能言兮，才聪明以识机。"

因此，在古代笔记中，"聪明以识机"的鹦鹉曾不止一次地扮演着"名侦探"的角色。

除了前面提到的"绿衣使者"外，明朝的大学士朱国祯在《涌幢小品》里也写过一个鹦鹉破案的故事：云南太守陆纶有一天微服私访，突然看到一户人家养的鹦鹉飞到自己身边，哀鸣不止，然后"忽堕地"，躺在地上好像死了。陆纶大吃一惊，再细看，那只鹦鹉恢复了平常的样子。陆纶叫来这户人家中的一位老妇人，问这是怎么回事，老妇人战战兢兢地说：家里曾经因为纠纷，杀死了一个人，就埋在鹦鹉笼子下面的地板底下。陆纶立刻把这家人都召集到一起，杀人者一听说"鹦鹉显灵"，立刻招供，受到法律的严惩。

众所周知，鹦鹉之所以会学舌，主要有两方面的原因。第一个是它具有"先天优势"，发声器的上、下长度及与体轴构成的夹角均与人的相似，舌根也非常发达，舌头富于肉质，前端细长呈月形，犹如人舌，转动灵活，所以才能惟妙惟肖地模仿人语，发出一些简单、准确、清晰的音节。第二个则是必不可少的条件，那就是有人教它，在它面前反复地述说一句话或一组话，否则，一只从来没有接受过训练的鹦鹉，是无论如何也不会说人话的。

所以，上面讲的两个案子之中，鹦鹉揭发真凶，无论指名道姓还是"堕地"这一肢体动作，都必然是有人教习的结果。比如杨崇义命案，对照事件的前后经过，我们大致可以做出如下的推想，其妻刘氏和李弇的偷情，保密措施做得再怎么好，府里上上下下百十来口人，也不可能半点风声都不走漏。杨崇义失踪之后，官府"经拷捶者百数人"，必定有那被拷打之后气愤不过的奴仆，怀疑是刘氏和李弇做的好事，又苦于没有证据，干脆编了话教给鹦鹉，等县令上门时，引诱那鹦鹉自行"举报"，结果歪打正着。而"鹦鹉堕地案"的真相，恐怕也是家中有人被真凶所胁迫，不敢直接报案，只好训练了鹦鹉找陆纶告状。

不过，现实中还真有鹦鹉协助警方破案的故事。2003 年，美国一户人家发生了一起盗窃案，警方在失窃人家中调查了半天，还是一无所获，就在他们准备放弃的时候，屋子里的一只鹦鹉突然开口了，不断地重复两句话："到这儿来，罗伯特！到这儿来，罗尼！"警察们通过计算机查找"罗伯特"和"罗尼"这两个名字，结果在惯犯档案中发现了。警方很快将这两人拘捕审讯，一开始，他俩死活不承认自己的罪行，警察偷偷将那只鹦鹉拿进了审讯室，鹦鹉突然大叫起来："到这儿来，罗伯特！到这儿来，罗尼！"吓得两人差点儿跳起来，只得老老实实交代了犯罪过程。原来，他们俩摸着黑偷东西时，因为屋子太大，走散了，只好不停地呼叫对方的名字，却被那只好学的鹦鹉"铭记"了，成为锁定他们犯罪的关键性证据。

3 ．"猫噬鹦鹉"逗得宋孝宗大笑

除了扮演"名侦探"的角色以外，鹦鹉在我国笔记小说中还有"多重身份"。

在岳飞的孙子、南宋著名学者岳珂撰写的《桯史》中，有一则非常有趣的记载，名曰《鹦鹉喻》：蜀地的文人清高，不会趋炎附势，有一位名叫杨嗣清的先生，因为德才兼备而被清议推属。可是，在考试时杨嗣清因为没有巴结考官，反而被考官写了奏章呈上去，诬陷杨嗣清，想要借皇帝之手将他治罪。卫国公赵雄听说了，赶紧跑到宋孝宗那里说："有个人家里闹鼠患，于是买了一只猫，寻了个好日子将猫放出来，实指望这猫儿能捕鼠，谁知那猫不管家里的老鼠闹得有多么凶，一下子蹿上鸟笼子，一口把鹦鹉给吃了，这能算是一只好猫吗？"宋孝宗被他出了个谜题，不知道是什么缘由，便问到底发生了什么事情。赵雄便把考官不替国家招揽人才，反而陷害忠良的事情说了一遍，宋孝宗是个明白人，不禁哈哈大笑，将弹劾杨嗣清的奏章扔在一边不再搭理了，"至今蜀人谈谑，以排根善类者为猫噬鹦鹉"。

这则笔记里，鹦鹉譬喻的是正直清高的知识分子，而在清代学者曾衍东撰写的笔记《小豆棚》里，有一则《鹦鹉辞》，讲了一个感人至深的故事：太学生李某十分落魄潦倒，因为喜欢音乐的缘故，就养了一

只鹦鹉，教了它一年，竟然能让它唱歌，"按板针腔，清婉合律"。李某经常骑着一头驴去游山玩水，同时在肩膀上扛一只小木架，鹦鹉就站在那上面，"得意时则命之歌，而自吹笛以和之"。从此，他忘却了郁郁不得志的忧愁，仿佛有了一个走到天涯海角都可以载歌载舞的朋友。不久，一个地方官听说了这只懂得音律的鹦鹉，强迫李某将鹦鹉卖给自己，迫于威逼，李某万般无奈，将鹦鹉给了地方官。李某走出官府，将卖掉鹦鹉的钱随便捐给了一户穷人家，然后放声痛哭，直到日暮时分，他的背影才和哭声一起消失在旷野之中。

再说那地方官，得到这只鹦鹉，十分欣喜。第二天便把所有的宾客都召集了来，举办宴席，向大家介绍这只鹦鹉如何神奇，自己如何费尽心思才搞到手。然后这名地方官让乐师们奏起管弦，给鹦鹉伴奏，让它唱歌，谁知那鹦鹉"喑然不出一声"，地方官大失颜面，有心下令把鹦鹉打五十板子，又觉得传出去说自己跟一只鸟儿过不去，更加丢人，只好让下人把鹦鹉带到别的屋子去饲养，鹦鹉不吃饭也不喝水，没过几天竟死了。

有人感慨鹦鹉对主人之忠诚，便作诗曰："羞向华筵唱渭城，相思一夕顿捐生。吟魂莫恋知音者，安否难传陇上声。"

也许，这只是一场因为官本位引发的悲剧，双方都感到对方无可理喻：地方官始终搞不懂，这世上居然还有权势收服不了的东西；鹦鹉始终搞不懂，这世上居然有人傻到以为权势可以收服一切。所以说，人和禽畜终究是没法沟通的，至于到底哪一方是禽畜，读者恐怕就见仁见智了。

七、古代"滴血验亲"中的荒唐事儿

不知大家注意过没有，许多古装电视剧里都有个"滴血认亲"的故事情节。据说，有个别智商和情商堪忧的爹，还真的用这招检验孩子与自己的亲密指数，结果自然是各种"坑爹"。

在这里，笔者就根据古代笔记中的记录，聊一聊"滴血认亲"的由来，以及古人随着时代的变化而对这种亲子鉴定方式从坚信到怀疑的过程。这当中发生了许多令人啼笑皆非的故事。

1. 杀了亲儿子，找到亲爹

对于"滴血认亲"的由来，笔者翻阅了大量的古代笔记，认为最精确的阐释，来自清代学者阮葵生所著《茶余客话》中的一则名为"刺血辨父子"的条目，原文摘录如下："《洗冤集录·刺血》一条，辨父子骨肉之真伪，六朝时已有行者。《梁书·豫章王综传》：'俗说以生者血沥死者骨，渗者即为父子。'按《洗冤录》系宋人所撰，未可尽信。"

没错，原文很短，但信息量极大。

所谓"六朝时已有行者"，见于三国时期的史学家谢承所撰的《会稽先贤传》，其中有一篇名叫《陈业》的，曾记述了一名叫陈业的人，其兄在渡海时感染了传染病死去，同船死去的还有五十六人，"骨肉消烂而不可辨别"。陈业"仰皇天，誓后土"，说什么也要找出其中哪一具是哥哥的尸骸，"因割臂流血，以洒骨上"，其中一具尸骨，将陈业的血渗下，其他的则"余皆流去"。就这样，陈业找到了哥哥的尸骨。

清代学者许仲元所著笔记《三异笔谈》中有言："滴血之说，起于萧综。"这句话说的是《梁书·豫章王综传》里记载的一件事。这是有史可查的我国古代最早的一件滴血认亲的"宫廷事件"：豫章王萧综的母亲吴淑媛本是南齐东昏侯萧宝卷的妃子，齐朝灭亡后，梁武帝萧衍将吴淑媛收入后宫，"七月而生综，宫中多疑之者"。后来吴淑媛年老色衰，渐渐失宠，心里各种不悦。大概她自己也搞不清萧综到底是谁的儿子，反正一股脑儿都跟萧综说了。萧综是个典型的武将后代，又粗野又蛮横，不分白天黑夜在街上裸奔，在徐州当官时"政刑酷暴"，本来就不大受萧衍的待见，这会儿终于找出原因，"原来我不是父皇的亲儿子"！为了验证这一点，萧综"闻俗说以生者血沥死者骨，渗，即为父子"，结果三更半夜跑到萧宝卷的墓地，把尸骨挖了出来，将自己胳膊划开，血滴到骨头上，血很快渗入骨中。萧综为了让这个试验更加可靠，杀了自己的一个亲生儿子，"取其骨试之，皆有验"，自此萧综坚信自己找到了亲爹。

以杀死亲儿子的方式来寻找死去的亲爹，这笔账怎么算都是不划算的买卖，难怪柏杨嘲笑南朝的那几个皇帝连同其子嗣大多是一嘟噜的白痴。

南宋时期，著名法医学家宋慈终于把"滴血认亲"写入了《洗冤集录》："检滴骨亲法：谓如某甲是父或母，有骸骨在，某乙来认亲生男或女，何以验之？试令某乙就身刺一两点血，滴骸骨上，是亲生则血沁入骨内，否则不入，俗云滴骨亲，盖谓此也。"这段话可不得了，按照古人的习惯，一事，一物，一言，一理，只要纳入典籍，那就有如真理，只能笃信，不可置疑。《洗冤集录》白纸黑字这么一写，滴血认亲也就在几百年的时间里成为国人坚信不疑的"亲子鉴定术"。

2．朝人泼脏水，反污自己

事实上，从现代医学的角度讲，"滴血认亲"是一件不足为信的事情。因为任何液体能否渗入某一物体，全看这种物体有无缝隙，血液也一样。尸骨上面只要还有骨膜等软组织，那么不管亲爹还是亲儿子，都休想把血渗进骨头里，如果能渗进去，说明尸骨已经完成了白骨化的过程，表层不再有骨膜覆盖，任何人的血液都能渗入。

至于古装电视剧中的亲子鉴定法——在碗里倒上清水，受试双方各自滴一滴血落入水中，看其是否相融——也是不靠谱。据媒体报道：北京解放军总医院司法鉴定所曾经做过相关试验，结果证明，不管亲人还是陌生人，只要将血滴入水中，最终都会相融。"因为血液中的红细胞细胞膜很脆弱，没有坚固的细胞壁。所以将血液滴入清水里，由于渗透压的原因，红细胞就吸满了水而胀破，形成散落的碎片，这时我们在碗里看到的就是红细胞释放的血红素。用这种方法，无论将谁的血液滴入水中，看上去都是相融的。"

也正因此，随着时间的推移，越来越多的人心中对"滴血认亲"打上了问号，比如前面提到的《茶余客话》，就以不唯权威的勇气直言道："《洗冤集录》系宋人所撰，未可尽信。"而乾隆年间的大学者纪晓岚在《阅微草堂笔记》中，也找到了可以将滴血认亲"作伪"的方法。

书中言："晋人有以资产托其弟而行商于外者。客中纳妇，生一子，越十余年，妇病卒，乃携子归。"见到嫂子带着侄子回来，弟弟害怕他们讨要哥哥生前托付给自己的资产，于是当众诬赖侄子不是哥哥的亲骨肉，是嫂子和别人生下的"野种"，没有继承哥哥遗产的权利。嫂子一听不干了，和小叔子闹将起来，不仅要让他把丈夫生前托付的资产还给自己和孩子，还要小叔子公开认错，还自己一个清白。这当弟弟的也是财迷心窍，横下一条心要霸占哥哥的财产，结果闹到了官府。县官"依古法滴血试（滴血入骨法）"，非常幸运的，孩子的血渗入了其父的尸骨内，县官让衙役重打那个弟弟一顿板子，将他轰出大堂。这个弟弟还不死心，为了在逻辑上证明滴血认亲也有不靠谱的时候，干脆把自己的儿子叫来，与之滴血试亲（滴血入水法），结果两滴血没有相融，他立刻到县衙去大吵大闹，说滴血认亲的方法有谬，"谓县令所断不足据"。

县令也犯了难，不知道该怎么办才好。这时，对弟弟的贪得无厌、利欲熏心的举动深感厌恶的乡亲们跑了过来，告诉县令，其实弟弟的老婆另有奸夫，其子并非亲生，所以才会产生滴血不融的事情。县令一听，立刻将那弟媳押来，一番审讯，那弟媳不得不"俯首引伏"。这个剧情反转得实在太大了，明明是朝别人泼污水，结果污水一点儿没浪费，全洒在了自己身上，这可是不折不扣的光着屁股拉磨——转着圈丢人。弟弟"愧不自容，竟出妇逐子，蹿身逃去，资产反尽归其兄，闻者快之"。

讲完这件颇有喜剧意味的事情之后，纪晓岚记下了一位经验丰富的老仵作的话：很多人的血都可以相融，无所谓亲属与否，但是有两种办法可以让任何人的血都不相融，方法是在盛水的器物上动手脚。"冬月以器置冰雪上，冻使极冷，或夏月以盐醋拭器，使有酸咸之味，则所滴之血，入器即凝，虽至亲亦不合。"于是纪晓岚发出了感叹："故滴血不足成信谳！"

3．滴血验父子，各打八十

质疑归质疑，在清代各类诉讼中，滴血认亲仍被作为司法鉴定的重要指标而广泛利用。

许仲元在《三异笔谈》中回忆自己在浙江省昌化县任地方官的两次断案经历。

有一个姓章的男人，老婆去世后，因家里贫困，没钱再娶妻，便与邻居家的女人私通。那女人的丈夫是个残疾人，因此对这件事也是睁一只眼闭一只眼。姓章的也就将自己劳作挣下的一点钱供给他用，等于是"买奸图活"。没过多久，那女人的丈夫死了，姓章的与女人一商量，干脆"订嫁娶焉"。半年后，女人生下了一个孩子，姓章的非常高兴，劳作更加努力，将女人家的一顷山田耕种得极好，到了秋天收成喜人。这一下，女人前夫哥的族人眼红了，想霸占那一顷山田。于是一纸状子告到官府，说女人生下的孩子不一定是姓章的骨肉，"一则前夫亡仅数月，安知非其遗腹；再则妇既不贞，人尽可夫"，要求将姓章的逐出本地，那一顷山田收归本家所有。

面对虎视眈眈的族人，许仲元说："那咱们就滴血认亲吧！"

然后，许仲元拿了一口七寸碗，亲自用温水洗干净，装上泉水，再让父亲站在左边，母亲抱着小宝宝站在右边。随后按照"古法"，用一根红色绒线勒住小宝宝的胳膊，用一根针分别刺破父子二人的胳膊，"血缕缕然注碗中，左者渐趋而右，右者渐趋而左，初甚纡徐，愈近愈速，翕然合同而化矣"！

一见父子二人的血液相融，所有旁观的人都啧啧称奇。那些原本气势汹汹的族人，更是顿时哑口无言，垂头丧气。

许仲元立刻判决，先杖责章某八十，因为孩子只半年就出生，显见得他与那女人在前夫去世前就已经通奸，依法必须惩处。接着，又把领头告状的族人杖责八十，因为其诬告章某之子非亲生，寻衅滋事。

另一案件更奇，一个姓潘的和一个姓李的，家中都十分穷困，于是一起出钱娶了一个女人。这是不是有点像《茶馆》里凑钱找刘麻子买媳妇的老林和老陈？结果那女人一辈子竟生了六个孩子，孩子们长大之后，子又生孙，孙又生孙，子子孙孙不断增加，但无法"辨此身是潘是李"。于是这些孩子便聚集在一起，请县令大人想办法，许仲元继续采用滴血认亲的方法，挖出潘李二人的尸骸，"饬子若孙曾数十人，各刺血滴之"，终于帮助他们认祖归宗。

站在今天的立场上来看，鉴于滴血认亲这一手段本身不够科学，许仲元的两次断案结果也许都不是正确的。但由于古代科技水平不发达，在指纹、血型、DNA证据都无法提取的前提下，像这一类案子，很多只能"混沌事混沌办"，以不破坏和谐稳定的社会环境为第一目的，公正与否倒还在其次。这也是为什么在古代官场，最受推崇的官员往往不是"明察秋毫型"的，而是那种"以息事宁人为上"的类型的原因。

八、当福尔摩斯遇到中国"诡案"，怎么破？

所有的凶杀案件，大致可以分成两类：已经破的与尚未破的，但是中国古代另有一种"诡案"，绝对与这两类有所不同。

所谓"诡案"，是指那些受害者为普通的人类，但是在犯罪现场的勘查、犯罪工具的提取、凶杀时间的分析和杀人手段的鉴定中，发现了大量诡异莫测的"非人为因素"，并在其后的人证、物证和尸检中，证实了案件极有可能是鬼怪或其他神秘力量所为。这一类"诡案"的记录，在各类史料笔记和志怪小说中屡见不鲜，过程往往离奇吊诡、惊悚可怖。当然，其中不少是创作者的杜撰和虚构，但也有相当多的内容真实可信，不可以一概以"荒谬"二字斥之。

怎样正确看待"诡案"？"诡案"是否真的是鬼怪或其他非自然力量所为？了解和破解"诡案"对现代人到底有什么意义？这正是本文试图阐释和解答的。

让我们从一桩很有代表性的"长乐奇案"谈起，初睹"诡案"的面貌吧。

1. 是谁把猪头换成了人头？

清朝乾隆二十八年（1763 年），福建省长乐。

这一天的傍晚时分，一位捕快在县衙门口看到一个十四五岁的少年提着布囊经过，便随口问："小哥袋内盛何物？"少年说是猪头，捕快看那物什透过布袋露出的形状，不大像是猪头，就多问了两句。少年火了："非猪头，岂人头耶？！"一边说一边把布囊扔在了地上，谁知滚出的竟真是一颗鲜血淋漓的人头！

少年"大恐，啼泣"。捕快办了一辈子差，头一次见到这么诡异恐怖的事情，立刻将他锁拿，带进县衙。县令也十分惊诧，把少年细细审讯了一番，结果听到的事情更加匪夷所思。

少年的母亲名唤李氏，是本地的民妇，二十五岁那年生下儿子，过了半年丈夫去世，家里只剩一个婢女和一个男仆。李氏全力抚养儿子，她的贞节让乡里乡亲都竖起大拇指。这天早晨，李氏起床，忽然见到一个白衣男子站在床前，在她大喊大叫间，男子钻到了床下。婢女和男仆冲进屋，床下却空无一人。到了中午，儿子放学回家吃午饭，突然看到那白衣男子站在床前，"骇而呼，男子复趋床下没"。

李氏对儿子说："听说财神就是穿白衣服的，咱们这屋子祖居至今已经百余年了，难道是先人显灵，指点我们埋藏金银财宝的地方？"于是便要求仆人启开床下地板，只见一张青石大如方桌，"上置红缎银包一个，内有白银五铤"，李氏大喜，跟儿子说：凡是挖掘宝藏应该先祭祀财神，你去集市上买个猪头当牲礼，祭祀之后再打开青石板。

儿子于是来到集市上，买了个猪头，这时想起没有带钱，就把那个红缎银包给了卖肉的屠户说："这里面包有五铤白银，先当作抵押，我到家拿钱再换回来。"然后把猪头装在布囊里回家，在路上便遇到了那个喜欢盘根问底的捕快。

县令马上下令，将卖肉的屠夫抓来，屠夫说确实有红缎银包换猪头这件事，红缎银包他还没打开，现在"以银袱呈上"。等打开那银包一看，里面却是一块血染的白布，哪里有五铤银子，"中包人手指五枚"！

县令大骇，亲自带着一班捕快来到李氏家，启开青石板，只见里面躺着一具无头男尸，"衣履尽白，右五指缺焉，以头与指合之相符"。

案件发展到此，所有人都认为这是鬼怪作祟，只能把屠夫和李氏的儿子暂时拘押在监狱，过一阵子再释放，而"长乐奇案"也成为一起无法结案的悬案。

2. 没有垫脚物是怎样悬梁的？

相信读者看到这里，已经明白何谓"诡案"了：凶案是真实的，受害者是真实的。剩下的一切，都诡异莫名。

"长乐奇案"记载在清朝文学家袁枚所著的文言短篇小说集《子不语》当中。过去，人们常常将这本书视为鬼故事集锦，却忽略了书中所写的许多案件都有真实的事迹可循。如《田烈妇》写的是雍正年间广有影响的"田烈妇冤魂显灵案"，《王弼》写的是以恐怖血腥而闻名的"中书鬼案"等。而从时间、地点和叙述的详细程度来看，长乐奇案应该也是以真实的刑事案件为素材的。

像此类的"诡案"，在史料笔记中数不胜数。

例如，清代学者钱泳撰的笔记小说《履园丛话》卷十七写"沈西园命案"：光州一个老贡生，儿子远游，家里只有儿媳妇和五岁的小孙女相伴。邻居见其儿媳貌美，就说老贡生之子出游前曾向他借钱，"书一伪券，以妻作抵"，然后拿着假造的借据去告官。时任光州刺史幕僚的沈西园与另一吏目收受贿赂，判决"以媳归邻某"。老贡生虽认为借据有伪，又无计可施，愤而上吊自杀。儿媳妇先将五岁的女儿勒毙，也自缢身亡……乾隆五十一年（1786年）正月初七，沈西园"夜见一戴顶者，携一少妇幼女登其床，教一咳嗽，旋吐粉红痰。自此三鬼昼夜缠扰，遍身拧捏，作青紫色，或独坐喃喃，自为问答"。这样迁延到正月十五日，沈西园在卧房里突然一声惨叫，家人冲进卧室，他已经死了，"其尸横扑椅上，口张鼻掀，须皆矗立，双目如铃"。

清代学者吴炽昌撰的笔记小说《客窗闲话》中有一则"童子自缢案"，更堪称具有代表性的"诡案"：有个十二岁的小孩子，"父母以疫相继亡"。伯父母将他收养为继子，让他单独住在一间屋子里。一天，过了中午，小孩子还没有起床，呼之不应，打开窗户一看，孩子已经悬梁自尽了。"夫妇惊泣，呼邻里掇门入室"，发现"室中仅有土炕，无椅桌之类。自炕至所悬之梁，相距九尺余。童子何能跃而上？奇矣"！拿了梯子将尸体解下，发现小孩子是用四尺余裤带自缢的，而裤带绕在悬梁的梁木上有三尺，"项上仅有尺余"，脖子勒得紧紧的，那么是怎么"先给扣而后入颈"的？在发现"脑后八字不交"（自缢者的缢绳经耳后越过乳突，升入发际，在头枕部上方形成提空，所以索沟不闭锁，这是鉴定死者是否自杀的参考要素之一）之后，官府确认孩子是自缢身亡，至于他是蹬着什么器物到房梁下面的，又是怎样将脑袋伸进比脖子的直径大不了多少的缢索中的，真是无人知晓。

3. 冤魂右耳为何挂一条白练？

还有一类"诡案"，虽然最终成功侦破，但侦破过程却比案情本身更加不可思议。

清代学者梁恭辰撰的笔记小说《池上草堂笔记》中有一则"鬼魂诉冤奇案"，即是此类典型。河北省衡水县有个男人死了，死者的侄子向官府控告，说死者是被谋杀的，但是仵作验尸之后，没有发现凶杀的迹象。侄子不服，上诉到巡按那里，巡按派另一个县的县令邓公去衡水县复审。邓公到后，反复验尸，也找不到他杀的证据。

这天深夜，邓公在馆舍里批阅案子的卷宗，不觉已到三更时分，桌上的烛光突然变得黯淡，一阵阴风吹来，墙角出现一个人影。这个人影乍隐乍现，然后就跪在桌案下，发出低微的啜泣声，好像在倾诉什么。邓公惊惧之时，觉得那人的身形酷似白天所验的尸体，而且右边耳朵垂下一条像白练似的东西，忽然有所领悟道："你可以走了，我一定会替你雪冤！"那冤魂磕头拜谢之后，消失无踪了。

桌上刚刚黯淡的烛光，重新摇曳起了光焰。

第二天一早，邓公找来衡水县令和仵作。到了停尸房，邓公命手下检查尸体的右耳孔。仵作一听，大惊失色，从尸体的右耳里掏出了足有半斤重的沾了水的棉絮。原来，凶手是趁着死者熟睡时，用长钉从右耳凿入，刺入其脑髓，使其一命呜呼，在控干了耳中流出的血水之后，用沾了水的棉絮塞进耳洞，掩盖伤口。那仵作因为收受了凶手的贿赂，在验尸过程中自然也就"卖个人情"了。

而公案小说和古代戏剧中，这一类的"诡案"就更多了。《包公案》中有一个故事叫《木印》，是写包公来到一个叫横坑的地方，发现"忽有蝇蚋逐风而来，将马头团团围了三匝"。包公觉得"莫非此有不明之事"，派人跟着蝇蚋而去，结果在一棵枫树下发现一具死尸，原来是死者化为蝇蚋向包公申冤。还有以"中国第一鬼戏"而闻名的《乌盆记》，富商刘世昌路遇大雨，投奔开窑厂的赵大家，被赵大夫妇杀害，肢解焚尸后，骨灰掺入乌盆。三年后，赵大把乌盆送给张别古抵债，刘世昌的冤魂一路跟来，请求张别古替他申冤，最终包公审理此案，将赵大夫妇绳之以法。

当然，小说和戏剧作品的内容以虚构居多，但是其中依然有不少取材于现实的因素。比如"蝇蚋尝恋死人之尸"，本来就是一种正常的现象；至于乌盆记中的故事，参照包拯的个人履历，更可以考据出：案件的发生时间应该是在公元 1026 年，地点在安徽省定远县。

4．"狐妖作祟"其实是睡瘫症

那么问题来了，究竟应该怎样看待这些"诡案"呢？

此前，一般有两种态度：一种是一概斥之为"迷信糟粕"，另一种认为这些都是真实发生过的灵异事件，并将之作为现实世界中真有鬼怪出没的证据。这两种态度，在我看来都有失偏颇：前者是以某种"唯物主义者"的姿态，拒绝了解那些可能超越自身知识范围的东西，或者不明白这样一个道理：稗官野史中所包含的真实因素，有时不见得比正史少；后者则是对传统文化采取盲从的态度，把《三国演义》当《三国志》看，忽略了因撰写者的局限和撰写年代的科学不昌可能出现错误，而小说更含有大量的虚构成分。打个比方，就如同对着一枚核桃，前者嫌其壳硬而断定其毫无营养价值，后者则连壳一起大嚼特嚼。而这两者都是不正确的。

作为一位推理小说的作者，笔者在创作中一直有这样一个理念：中国的推理小说要想发扬光大，必须要"西学为体，中学为用"——其内核必须是现代科学＋逻辑推理；而其表现手法应该是中国化的——包括从博大丰厚的传统文化中取材。

当然这不是一件容易事。就拿包含着"诡案"的大量史料笔记和志怪小说来说吧，不妨再以核桃举例：首先要敲掉厚厚的硬皮，那就是要具有文言文阅读的基础；其次要看清其内容哪些是核桃仁，即分辨糟粕和精华，比如搞冥府一日游的、跳大神治百病的，都哪儿凉快哪儿待着去；最后再用牙签把核桃仁从束裹中挑出来，就是用现代科学和逻辑推理的方法，找出"诡案"中的合理因素和事实真相。

其实笔者的意思就是，各位读者相当于扮演福尔摩斯，穿越回古代侦破奇案。相信你会发现，很多看似不可思议的"诡案"，经过层层剥茧，很快就变成了二八少女的脸蛋，吹弹可破。

再举个例子。明代著名学者顾起元曾在他的笔记《客座赘语》中写过这样两件事：其一是刑部侍郎刘麟初"夜方昧，有物如木棉团压于被，遂不能醒，强振起，去若飘风。少寐，又复压被上"。其二是刑部官员王少治晚上睡觉，"夜忽觉有物压其胸，而身遂如在磨盘上，旋转如风，眩晕甚，强力簸顿之，其物堕床下"。顾起元认为这两件事的罪魁祸首"皆狐妖也"。

而作为现代人，对这两桩事一眼即明：这跟狐妖什么的八竿子打不着，纯粹是睡瘫症的表现，即大脑神经中枢和运动神经中枢苏醒不同步造成的。大脑有一种保卫机制，负责监测周围环境中的危险因素，当意识到有危险发生时，就会提示机体做出反应，而在睡眠状态中，这种机制可能会被不适当地激活，在根本没有实质性威胁的情况下，大脑仍会提示有某种可怕的东西潜伏在附近，然后与梦境相关的大脑区域会及时给这种感觉补充一些额外的信息，从而出现奇特的幻觉——也就是俗称的"鬼压床"。

5．对"长乐冤案"的推理

最后，让我们循着这样的思路，对前面提到的几个案子试做一下破解。

首先是"长乐奇案"。

刑事侦查学的相关研究告诉我们：物证比人证可靠，而在人证中，远离事件中心的人提供的证词，比接近事件中心的人提供的证词更可靠。这是因为越是远离事件中心，其由于利益或恩怨做伪证的可能性越小。

在"长乐奇案"中，最有价值的物证有人头、尸体和断指，它们说明了案件的本质。发生了一起凶杀案，死者被埋在李氏屋子的地板下面，人头和右手的五根手指都被割下。再来看人证，不难发现，导致案件变得诡奇叵测、云雾缭绕的，统统是李氏及其儿子的供词。而婢女和男仆并没有见到活着的白衣男子，他们对于白衣男子的印象都源于李氏及其儿子的口述。因此，可以看出在诸多人证中，卖猪肉的屠户距离事件中心最远，他的话可信度最高。

屠户告诉我们什么？首先，他收到红缎银包一个；其次，他给了李氏儿子一个猪头。

那么谁能把猪头换成人头呢？只有李氏儿子一个人。再考虑到如下条件：李氏作为一家之主，其卧室他人不能擅入；床下的青石板绝非一个人所能搬动，买猪头是李氏让儿子去的，我们基本可以认定：是李氏和她的儿子杀了人，并共同策划了这起"诡案"。

案件的真相推理如下：李氏和儿子前一天晚上杀死白衣男子之后，由于事情突发，只能把尸体藏在地洞里。而且婢女和男仆都住同一个宅院，不可能大张旗鼓地从外面倒腾泥土进屋掩埋。可是，尸体很快发出异味，很可能会导致他们罪行败露。于是母子俩横下一条心，将案子变成"诡案"。因为在古代，相当一部分官员十分迷信，只要凶案与鬼怪挂上钩，或者笼罩有一股诡异气氛，他们就不会深究。于是，李氏和儿子割下受害者的首级和右手五指，分别放在布囊和红缎银包里，然后再把红缎银包放在青石板上，重新压好地板。第二天早晨，儿子去上学，李氏又开始表演"看见白衣男人"的独幕剧，让婢女和男仆以为真有神灵出没。到中午，儿子回来吃饭，再次声称看到白衣男人，进而加强了诡异气氛。然后，李氏假意说是"财神到"，打开地板，"发现"红缎银包，再差遣儿子去买猪头。儿子把受害者的人头先藏好，进集市买了猪头，并用红缎银包作质，不过屠户忙着做生意，没有打开红缎银包。如果当时打开，提前案发，李氏儿子便可以把白衣男子之事一讲，除了发现"无头尸"，结果不会有什么不同。随后，李氏儿子出了集市，把人头装进布袋，扔掉猪头，再去县衙附近溜达，故意引起捕快的注意，接下来的一切，就按照他们的策划来发展了。

至于犯罪动机，我非常"不厚道"地认为是长期守寡的李氏与白衣男子有了奸情，受到他的敲诈勒索，才跟儿子一起下了毒手。

"沈西园命案"和"童子自缢案"也都可以做出合理的解答。

沈西园咳嗽并吐粉红痰，更像是肺结核发作，而肺结核患者由于体质虚弱，精神状态不稳定，加之老贡生一家的惨死想必也令他一直心中有愧，所以出现了病理性幻视，以为"三鬼"来向他索命，最终他也正是死于躯体疾病和精神疾病的双重压迫下。

而"童子自缢案"是一起明显的凶杀案，凶手和李氏母子一样，也是想制造"诡案"来逃避惩罚。他们勒死小孩子之后，便用梯子将之悬挂在房梁下面，造成自杀的假象。而那个只有尺余的勒颈裤带，更加证明这是一个人托举尸体，另一个人用裤带直接缠绕颈部的结果，而绝非受害者自己系好绳套再钻进去。凶手很可能就是小孩子的伯父母。其动机则可以有很多种，比如被小孩子撞见了他们的阴私，或者不想让这个继子继承遗产等等。

这里必须说明一句："八字不交"也是可以伪造的。南宋杰出的法医学家宋慈在《洗冤集录》中就指出："唯有生勒，未死间即时吊起，诈作自缢，此稍难辨。"意思是说，当人被勒昏的同时马上悬吊起来，"八字不交"的颈部特征是很难辨别的。换言之，出现"八字不交"虽然可以考虑死者为自杀，却不能排除他杀的可能。

6．你也能成为破解"诡案"的名侦探

至于另外一种"诡案"，即案件虽然侦破了，但破案方法是通过某种非自然力量的，则更有"内涵"。

众所周知，中国古代的士大夫阶层对鬼神的基本态度是"存而不论"。前面提到，有些官员只要遇到案件里"有鬼"，就草草结案，避免惹祸上身。还有一部分正直的官员，则掌握着一条"底线"：那就是鬼神之流，给人世间驱个病、除个灾、带个雨、托个梦什么的，睁一只眼闭一只眼也就过去了，但是不能害人性命。只要发生人命案了，就算玉皇大帝做的也必须一查到底，正所谓"狱事莫重于大辟，大辟莫重于初情，初情莫重于检验"。

不过，古代刑侦科学不发达，破案率很低，有些官员就别出心裁，

通过一些疑难案件的审理，给自己戴上"断案如神"的帽子。从而故意制造出一种"明星效应"，对违法犯罪行为起到震慑作用。一般来说，假如一个地方存在着这么一个"名侦探"，犯罪率肯定会有所下降。

比如前面提到的"鬼魂诉冤奇案"，我认为，很可能邓公在尸检时就已经发现了死者耳洞里塞了大量的棉絮。只等第二天衡水县令和仵作都来了，再讲那段昨晚"冤魂现身"之事，再指出凶杀真相，势必让人觉得他能"日审阳，夜断阴"。

《子不语》中的"田烈妇"一文，对这类"诡案"有起底的作用：有一貌似鬼魂的黑衣女子找安庆太守徐士林鸣冤——其人已死。徐士林命令将罪犯缉拿，一开始罪犯拒不认罪，等一见到冤魂现身，立刻招供。其实"冤魂"是徐士林在了解案情，得知罪犯奸狡之后，找了个与受害者相仿的女子假扮的。但安庆百姓却对徐士林"哗以为神"。

无论是罪犯"造诡以脱身"，还是官员"造神以断案"，这种故弄玄虚、装神弄鬼，终究只是民智不开、迷信泛滥的历史条件下的产物。在欧洲，类似案例也很多，比如1681年发生在英国达勒姆郡的"安妮·沃克案"，也是鬼魂诉冤，法官雪冤。但是随着19世纪科学快速发展，尤其是物理学、生物学、化学的突飞猛进，令一切鬼蜮都现出原形。福尔摩斯就是那个时代最具代表性的形象：一位掌握现代刑侦科学知识和逻辑推理能力的大侦探，在面对各种奇诡的案件时，再也不会因为"鬼"而逃避。不过，即便如此，他也绝对不把自己塑造成"神"，而是信心满满地告诉华生："推理者早晚会把逻辑推理发展成一门科学！"

对中国历史上的"诡案"，本文只是浅浅而谈，举的几则案例，给出的"解答"也不尽正确，但有一点是肯定的：现在的国人应该重新审视并重视这些"诡案"，无论是作为文学欣赏、史料研究抑或创作素材，它们都是价值极高的"核桃"：观之则赏心悦目，把玩则舒筋活血，雕琢则别有意趣，啜食则营养美味。至于笔者，非常喜欢将它们当成"智力游戏"，从只言片语中探究其真相，想象着自己穿越回到古代，当睁开眼的一刻，师爷会凑到耳边低声说："大人，此案殊不可解，恐非人力所能为也……"

九、嘉靖朝特大连环凶杀案侦破记

20 世纪 80 年代，无论商场还是药店，都还没开始卖什么补脑液或健脑丸。那时的父母琢磨着让孩子变得聪明一点儿的最好办法，就是跑到书店里买两本《中国古代智慧故事》之类的书，拿回家让孩子有样学样。笔者也不例外，这样的书被家长强制性地要求看了很多，有没有变聪明不好说，反正是认识了不少聪明至极的古人。这其中，钟鼒绝对是一个非常了不起的人物，他通过一次"变脸"，成功地侦破了嘉靖朝一起非常可怕的连环杀人案。但是那些书里只写到这次破案为止，直到前两年，笔者通过阅读其他的笔记才知道，钟鼒一生中还有过另一次"变脸"，而第二次比第一次更加离奇曲折，惊心动魄。

1."截须拔眉"卧底成功

钟鼒的第一次"变脸"十分出名，故事主要见于清代魏息园编撰的《不用刑审判书》，这里我就结合此书和清代学者尹庆兰所著的《萤窗异草》，将这件事为读者们详细讲述一番。

故事发生在明嘉靖年间，宁波有个农民早起下田，经过一条溪流的旁边时，突然发现溪流上好像漂浮着什么东西，他走近了一看，发现那竟是一具女尸，吓得赶紧跑到县衙报案。

县令马上带着一班手下来到了小溪边，将女尸捞出。从死者的穿着打扮来看，应该是一个婢女。由于"验之有伤，无敢判为自溺"。接着，县令把尸体陈列在主要的交通路口，让来往行人认尸，以便查清死者的身份，谁知许久都无人认识，派出去勘查案情的捕快也都找不到任何破案的线索。但是，有一件事情引起了县令的高度警惕，那就是专门来认尸的人特别多，除了本县的，还有很多附近其他地方的老百姓。据了解，他们都是女儿或老婆突然失踪，音讯全无，倘若把失踪人口加起来，是一个相当庞大的数字。

县令向太守袁公报告之后，袁公也感到震惊，加大了侦缉力度，亦无所获。就在他们一筹莫展之时，袁公身边一个名叫钟蓠的人主动站出来，表示自己能侦破这个案子。

钟蓠是太守袁公的幕僚，才华横溢，足智多谋，协助处理衙门内的大小事务，袁公"任之如左右手……置腹推心，不啻骨肉"，当他请命侦缉此案时，袁公"知其侠且才，笑而许之"。

也就是从这一天开始，钟蓠突然从人们的视线中消失了，一连十几天杳无音讯。这一日，就在袁公愈发着急之时，突然府衙的门卫来报告，说外面有个人以自己有"溪中女尸案"的线索为名，硬要见太守。袁公唤那人进来，只见他嘴巴光光，眉毛稀少，从来没见过，便问他有何线索，谁知那人一开腔，便把袁公吓了一大跳："我是钟蓠啊，您认不出我了吗？我已经把这起案件彻底调查清楚了！"

原来，钟蓠在翻阅那些失踪人口案件的卷宗和盘问他们的亲属时，发现他们很多人都提到，亲人失踪前去宁波本地的一户豪强家里寻过差事。钟蓠便悄悄来到那户豪强家的外面观察，发现"以其居近清溪，托言凿池，引水入囿"，就是说他的家正好在那条溪水的上游，并以建水池的名义挖了条沟，沟与溪水相通。钟蓠心里有了数，准备亲自潜入豪强的府邸查个究竟，他平时以一把大胡须和两条浓重的卧蚕眉，而为公府上上下下所熟识，很难说那个豪强没有听说过或在某个场合下看见过自己这副"尊荣"，这时想要"潜伏"成功，就必须让容貌来个大变样，于是他"截须拔眉"，换了件又脏又破的衣服，到豪强家里应聘做了个用人。时间久了，钟蒵跟其家中几个小孩玩儿到一处，终于从孩子们的口中打听到了血腥可怖的真相。

2．可怖的"杀人流水线"

古今所谓豪强者，多半是仗着在地方上有些势力而横行乡里，欺男霸女，钟蒵去的这一家堪称极品。家中主人竟把男女仆佣当奴隶看待，凡是稍微有做事不够周到或者不听话者，一律反剪双手摁在那条沟里淹死。"既毙而后弃之溪内，急流迅下，瞬息数十里"，活像一条"杀人流水线"。因为古代法医科学不够发达，搞不清这些死者是被强行溺毙还是投水自尽，也搞不准他们落水的准确地点，才使豪强的杀人方式一次又一次得逞，并逃脱了法网的制裁。

而使官府注意到的那具"验之有伤"的女尸，生前是豪强家中一个相貌美丽的婢女，受到主人的宠爱，主人的悍妻"见而怒"，趁着老公外出的时候，把这婢女用棍子揍了一个半死，然后"亦如其法淹毙之，遽投诸清流"。也正是婢女身上的伤痕证明了她的非正常死亡，并最终暴露了豪强草菅人命的累累罪行！

袁公听了钟蒵的叙述，立刻派捕快到豪强家，将主人及其老婆捉拿归案，杀人凶手一见罪行败露，只好认罪，"婢之冤雪，众之死遂可类推，豪因尽伏其罪"。对于钟蒵通过改变容貌的办法"深入虎穴"查清罪案，宁波百姓报之以无比的钦佩和称赞。

《不用刑审判书》和大部分"古代智慧故事书"讲述的钟萧故事就到此为止，而对他的第二次"换脸"则很少有人提及，因为那固然与智慧有关，但更需要的是勇气与忠诚的品格。

据《萤窗异草》记载，"时值政在严氏，父子擅权，黜陟在其掌握"。意思是明朝严嵩和严世蕃父子权倾朝野，满朝文武都想依附他们。恰巧有个浙西的县令进京，路过宁波，特来拜见袁公。此人曾经是袁公的手下，另外一个身份是严氏父子的私党。他对袁公承诺，只要拿出大笔财产贿赂严世蕃，就能升官。袁公正在动心，帷幕后面突然闪出钟萧，叱骂那县令道："诱吾主与不义者，汝也。东楼夫子，走肉行尸，若辈恃此冰山，赤日一出，势将压覆。何更思煽惑正人耶？"

严世蕃号"东楼"，钟萧这一番责骂，气得那县令恨恨而去。钟萧对袁公晓以大义，让他不要为了一时的官运，毁掉千古的名节，袁公听取了他的意见。

可以想见，那位浙西县令到了京城，见到严世蕃，是怎样讲述自己在袁公那里受到的羞辱。严世蕃气急败坏，随便编了个罪名，派锦衣卫把袁公和钟萧抓捕解京，袁公得到消息，惊惶失措，希望找钟萧出主意想办法的时候，钟萧"乘缇骑未来，悄然夜出，不知所往"。袁公找他不见，不免切齿痛心，而署衙内"上而僚佐，下而吏卒，亦莫不发指"，纷纷唾骂钟萧惹出这塌天大祸，又在祸到临头时独自逃命，真是个忘恩负义的小人！

3．一个瘸子的营救计划

袁公"俯首就逮，囚服赴京"，到了京城，锦衣卫立即"毒加拷掠"，严世蕃更是暗中指使刑部判了他死刑，只等开刀问斩了。

袁公在大牢里"棘圜深锢，桎梏缠身"，而且"百忧煎其中，四肢伤于外"，他已经听说了自己"不日即明正典刑，亦既心灰气绝矣"。这一天，有个平日里如狼似虎的狱吏突然进了牢房，满脸堆笑道："公主让人传下话来，说您是驸马的表亲，所以让我们妥为照顾。"袁公一时茫然，自己跟驸马哪里攀得上什么亲戚，但危难之中，能脱困一时就脱困一时，于是点了点头。那狱吏马上命令手下人打扫干净一间上等的房屋，"盛其铺陈，状若上宾之馆"，请袁公居住。不久又端来酒食，陪袁公对饮，偷偷告诉他："公主想帮您跟皇上说情，但碍着严嵩的面子，不好直说，就让伺候皇上修仙的法师，为上言星象不吉，宜缓刑狱，所以您性命暂时无忧啦！"袁公听了十分高兴。又过了几天，狱吏又来告诉他，"公主已嘱法司，令将公罪末"。

袁公死刑已免，接下来的日子过得倒也悠闲自在，"日恒有人以酒食馈"。更加奇葩的是，有人还给他送来衣服，"长短直如身度"，完全是照着他的尺寸做的，特别合身。袁公以为一切都是狱吏的安排，感激不已，"由是鲜衣美食，逍遥狱邸，虽不克拨云睹日，亦已身逸心安"。

这样图圄五年，袁公每日读书写字，修身养性，过得相当舒适。这一天他突然被释放出狱，官复原职，一打听才知道，在徐阶的努力下，严嵩父子终于被扳倒了，在抄家的过程中，得到了严世蕃与浙江各位官员的来往书信，从中了解到袁公不肯依附严党而被迫害的实情，嘉靖皇帝"始悟公冤，以原秩出诸狱中"。

出狱那天，有一人雇了一乘小轿等在监狱门口，见袁公出来，"直前俯伏，持公足而号泣"。袁公一看，是个瞎了一只眼睛的瘸子，从来没见过，一时有些不知所措，等那人哭完，袁公才约略认出，此人竟是失踪已久的钟鬲！不由得又气又恨地骂道："钟鬲，你还有脸来见我吗？！"

直到这时，钟鬲才说出事情的经过。

原来钟鬲有位内兄，在公主府中服役多年，深受公主信任，这位内兄的老婆又是公主之子的乳娘，总之名为下属，实为挚交。这位内兄经常在公主面前提到钟鬲的聪明才智，公主因为府事废弛，一直想换个管家，多次征召钟鬲来公主府，钟鬲舍不得离开袁公，一再推辞。

在得知严世蕃派人捉拿袁公之后，钟鬲马上想到了拯救的办法，当日他"悄然夜出"，实系快马加鞭直奔北京。快到的时候，他想到京城人多眼杂，万一自己被锦衣卫或熟识的官员发现，抓捕了去，就会耽误大事，于是用石灰弄瞎了自己一只眼，又用石头砸断了自己一条腿，扮成一副乞丐的模样，这才放心地进入北京。

"及至府中，见其内兄，又仿秦庭之痛，涕泣通宵，勺水不入于口"。公主本来就听说他才能卓著，又见他为了救旧主性命，不惜毁容，更加钦佩他的忠义，便任命他做家中的主管。而钟鬲也不负众望，很快就将公主府的各种事务处理得井井有条。公主是嘉靖帝的胞姊，与皇帝十分亲近，嘉靖帝又"素敦手足"，于是钟鬲借公主之手展开的营救计划一步步得手，那些源源不断的酒食，那些合身得体的衣服，不用说都是钟鬲的幕后之功。

了解到真相的袁公，终于与钟鬲抱在一起，痛哭失声。

骂人最重的言辞之一，是"连脸都不要了"，指一个人为了个人利益可以违背最基本的道德，而钟鬲的"不要脸"则与之不同，他一生中的两次换脸，一次为了破案而截须拔眉，一次为了救主而伤目断腿，没有一次是为自己考虑的。说他迂腐也好，替他不值也罢，至少在钟鬲看来，自己的所作所为是坦荡而自豪的，脸就是一张皮，为了崇高的信念和目标，该换就换，毕竟夜深人静时，扪的是心而不是脸。

十、武则天时代那些真正的"狄仁杰"们

崇古者每每说起"过去的好辰光",总要追思盛唐:社会风气,夜不闭户、路不拾遗;国家财政,稻米流脂粟米白;司法系统,洋溢着狄仁杰般的公正严明……明显这都是把影视剧当教科书,把教科书当正史,把正史当真理的粗浅认识。真实情况并非如此。就说司法一项,从贞观到开元,一共114年,很多时候只能用"惨不忍睹"来形容,尤其是武则天当政时期,这位女皇帝因为"得位不正",总怀疑全世界都在与她为敌,因此在法制上奉行一套鼓励告密、宁枉勿纵的原则,手下的酷吏们竞相以罗织诬构、栽赃陷害为能,干尽了坏事。

唐朝学者张鷟撰写的《朝野佥载》,是一部记叙了大量唐朝前期史实掌故的笔记,尤以武后朝事迹为多,其中的一些记录读来真个字字是血。如瀛洲刺史独孤庄抓到嫌犯就问:"你是不是个健儿,是就认罪,然后我就放了你。"等对方认了,他就毒笑道:"你没听说过'健儿钩下死'这句诗吗?"然后找来一铁钩,从嫌犯的后颈钩入,"则钩出于脑矣"。再如殿中侍御史王旭专门在折磨女犯人上动脑筋,"以绳勒其阴,令壮士弹竹击之",或者把女人倒吊,"以石缒其发"。而监察御史李嵩则"每讯囚,必铺棘卧体,削竹签指,方梁压髁"……当然,这些酷吏跟索元礼、周兴、来俊臣相比又是小巫见大巫了。

不过,也有例外,比如秋官尚书张楚金。

1．西晒"破获"了反书大案

"秋官尚书"就是刑部尚书，是武则天当权后所改。很多人一看，哟，这可是执掌司法大权的最高长官啊。错！封建专制统治之下，执掌司法大权的最高长官永远是皇帝。真正的执法者往往是些听上去官衔一般的角色，比如来俊臣，最高也不过是个司仆少卿，可是论权势，却比张楚金威风多了。

张楚金在中国历史上名气不大，"裴光叛书案"在武则天时期也算不上什么大案，那时受诬陷导致毁家灭族者，从王爷到尚书，多如过江之鲫，裴光不过是个湖州刺史，不值一书，但就是这个案子，却因为张楚金的较真，成为中国司法史上最有名的案件之一。

《朝野佥载》详细记述了前后经过。

"垂拱年，则天监国，罗织事起"，垂拱是唐睿宗李旦的年号，意思是无为而治。但由于垂拱年的实际掌权者是李旦之母，也就是武则天，所以"有为"得很，大兴冤狱，举国惊恐。此前，英国公徐敬业举兵反叛，在《讨武曌檄》这篇千古名文中，将刀锋直指"伪临朝武氏者"，痛斥她"近狎邪僻，残害忠良，杀姊屠兄，弑君鸩母"！此次反叛虽然以失败告终，但无论从军事角度还是社会舆论，都对武则天构成极大威胁，当然也就成了她的心病。因此她对凡是跟徐敬业勾结者，格杀勿论。

就在这时，一个叫江琛的人举报他的顶头上司湖州刺史裴光与徐敬业有勾结，准备一同谋反。

江琛任湖州佐史，他的举报信不能不引起武则天的重视，立即派人对裴光展开了审讯，裴光大呼冤枉！

结果，江琛把证据拿出来了，而且是如山铁证。那就是裴光写给徐敬业的一封充满了大逆不道之语的"亲笔信"。

裴光一看，目瞪口呆。反书上的字确实是他亲笔书写，审案的官员问他还有什么话说。裴光说："字是我写的，但信不是我写的。"连续审讯了三次，裴光都是这句话，武则天听后也感到奇怪，便让群臣推荐一个能断案的，"敕令差能推事人勘当取实"，有人推荐了张楚金。

张楚金接案后，连忙去审讯裴光，裴光还是那句"字是我写的，但信不是我写的"。

在当时那个恶劣的环境下，大家都竞相对犯人做有罪推定。因此，张楚金完全可以将裴光严刑拷打一番，取得口供，但是他顶住了巨大的压力，决心把事情的真相查个水落石出，这不仅需要智慧，更需要勇气，如果在规定的时限内查不出真相，被骂一顿无能遭到贬官是轻的，万一有人再说自己是故意维护裴光，脑袋掉了也不是没可能的。

张楚金虽有心查案，但无计可施，躺在床上，一躺就是大半天。眼见午后的太阳渐渐向西，阳光从西窗射进卧榻，晒得让他更加无法安枕，就拿起枕边那一纸作为证据的反书，想再看看能不能发现什么破绽。谁知阳光照在纸背上，映出大量粘补的纹路，"向看之，字似补作，平看则不觉，向日则见之"！张楚金大喜，跳下床紧急升堂。

等原告和被告都上了堂。张楚金对江琛说："你伪造反书，诬告裴大人，可否知罪？"江琛嘴硬，坚称自己无辜。张楚金便让手下抬来一个水瓮，在里面注满水，"令琛投书于水中，字一一散解"，江琛一看，面如死灰，只得"叩头服罪"。原来，他看那些举报谋反的人一个个都升官发财，便将平时裴光写的公文拿来，剪取其中的文字，按照文法排列，再以精妙的粘贴术做成"反书"举报上去，本以为自己奸计得逞，谁知最后竟被张楚金识破。

武则天对政敌残酷无情，但绝不是任人欺瞒的糊涂虫，她立刻下令将诬告者江琛重打一百大板，然后斩首示众，并"赏楚金绢百匹"，表彰他的明断。

2．顶撞武则天的御史

无独有偶，在武则天当权时期，还有一个叫张行岌的御史，比张楚金更厉害，因为他为了一桩"谋反案"，居然当面顶撞了武则天。

事情记载于唐代学者刘肃撰写的笔记《大唐新语》一书中。

时代背景就不详述了，总之那个时代非常流行各种举报。在这样的大环境下，驸马崔宣也被举报了。举报者先把崔宣的一个小妾给诱拐后藏了起来，然后报官道："崔宣的小妾因为知道他要谋反的事实，所以被崔宣杀了，尸体扔进了洛水。"读者也许会注意这个让人哭笑不得的逻辑：崔宣谋反是真的吗？他小妾知道；他小妾去哪儿了？因为知道他要谋反所以被他杀了，尸骨无存——这就成了一个死循环。即便明眼人都能看出来，可崔宣还是被抓起来，御史张行岌奉命审问此案。

张行岌连续审了几天，上奏说崔宣不认罪，证据也不足，很可能是诬告。武则天大怒，要他重新再查，复查之后，张行岌上奏，更加认定是诬告。

武则天见张行岌如此的不识相，冷笑道："崔宣谋反，迹象分明，你想袒护他是吗？好，那我就让来俊臣接手这个案件，你可别后悔。"

我为大家脑补下，如果当时武则天和张行岌是用微信聊天的，相信接下来张行岌一定是发了个抠鼻子的表情，然后才禀告说："臣断案并不比来俊臣差，您要是非把这案子改成来俊臣去审讯，他也得拿出证据，用事实说话，如果顺着您的意思抓人杀人，那算什么法官！"

武则天被这几句话顶得目瞪口呆，然而接下来张行岌歪着脑袋的一句话差点把她气笑了："我说陛下，您该不是在试探我的节操吧？"

对这种专业到一定程度的强项令，从刘秀到武则天，谁也没辙。武则天只好说："我跟你说不清楚，这样吧，崔宣只要杀了他的小妾，谋反就坐实，你要是想救他，就得找到他的小妾。"

张行岌总算为崔宣争取了几天时间，赶紧催着崔宣家里，让他们撒出人去找那个小妾。崔宣有个远房堂兄弟叫崔思竞的，发现了一件奇怪的事情，每当他们在家中商议援救崔宣的办法，举报者总是很快能拿出应对措施，于是他"揣家中有同谋者"。因此，这天他便当着众人对崔宣的妻子说："嫂子我想过了，干脆拿出三百匹绢布，请个刺客把那个举报的人杀了！"说完他转身走人，埋伏在崔宅的附近。不久，便见到一个姓舒的门客从侧门溜出，到那个举报者的家中通风报信。

姓舒的门客在回来的路上，走到一个叫天津桥的地方，被崔思竞拦住，叱骂道："你个忘恩负义的鼠辈小人！我哥哥平日里对你那么好，你却与其他人串通一气陷害他！你赶紧说出那个小妾藏身之处，我送你钱财，足够你过下半辈子，不然我让我哥哥说谋反之事是和你同谋的，看你有没有的活！"姓舒的哀求他手下留情，说出了小妾藏身的地点。

崔思竞找到张行岌，把事情一说，张行岌立刻调集人马，"搜获其妾"，崔宣得以免罪，诬告者的下场，不用说大家也知道。

3．用推理找到太平公主的财宝

不知道是不是某种强压之下的反弹，在诬告成风、冤狱遍地的武则天时期，出现了很多不肯同流合污的审案高手。对于大部分人而言，一说起那时的"名侦探"，首先想到的肯定是狄仁杰。不过，按照五代后晋和凝、和蒙父子编著的笔记《疑狱集》所载，那时有个人比狄仁杰的断案知名度更高，他就是湖州别驾苏无名。

武则天赐给了女儿太平公主两大箱金银珠宝，太平公主将其藏于密室之中。到年底，当太平公主想盘点一下自己的财政状况时，惊讶地发现，这两箱珍宝竟不翼而飞！

武则天大怒，限令三天，必须破案，"不获必死"。从长史到捕吏都计无所出，愁容满面。正在这时，苏无名来了，大家欢呼"得盗者来矣"，拉着苏无名去见了武则天。武则天问他："你真的能抓到那伙盗贼吗？"苏无名说："能，但有两个条件：一是不要设定破案的期限，二是这个案子暂时不要追究了，答应我这两件事，我保证将那伙盗贼绳之以法！"

武则天一愣，条件一还好理解，可是这第二条"暂不追究"是为什么？破案难道不是要趁热打铁吗，怎么能放之任之？时间一长，罪犯跑了或者销赃了，这案子还怎么破？但是，武则天本人在某种意义上就是一个"奇才型"的政治家，所以对奇怪的主张和建议有很强的包容心，便同意了。

苏无名回到县衙，给大伙儿放了大假。不过，就在几天后的寒食节，苏无名突然召集所有的吏卒，因为这几天民间都有扫墓的风俗，所以苏无名要求："你们十人或五人一组,在城东门守着,如果看见一伙儿胡人,都穿着孝衣往北邙山墓地走去,就赶紧来向我报告。"

不久,吏卒来报,说果然有这么一伙儿胡人去了北邙山:"他们人来到一座新坟前,摆上供品,哭而不哀,之后还相视而笑。"苏无名拊掌大笑道:"得之矣!马上将他们拘捕!"

果然,这伙儿胡人正是勾结宫内宦官盗窃太平公主的珍宝的盗贼。苏无名让吏卒们掘开那座新坟,打开棺材,只见两大箱珍宝就在里面。

大案告破,洛阳震动。武则天大喜,召见了苏无名,问他是怎么破案的。苏无名道:"我来洛阳前就听说宫里发生了盗窃案,失窃的财物数量很大,料是团伙所为。而到洛阳那天,恰巧看到十几个胡人向北邙山抬着棺材送葬,神色警惕而不哀痛,怀疑其中有鬼,但当时只有我一个人,不知他们把棺材埋到了哪里,也不知他们后来各自奔向何处,但既然是一大堆财物,分赃不是立刻可以决定的事情,必然先放在一处,等事态平缓一些了再做处理。所以要紧的是不要逼这伙盗贼狗急跳墙,把财宝取走,畏罪逃亡。我算定他们一定是在寒食节这天,借扫墓之名聚在一起,查看珍宝情况,正好一网打尽。当我听吏卒说他们祭奠新坟时相视而笑,分明是确认了财宝仍在坟墓中,所以立行逮捕!"

武则天对苏无名的推理才能大为赞赏,当即决定赐他金帛,并升官两级。

熟阅《狄仁杰断案传奇》等书籍或影视作品的人不难发现,狄仁杰"侦破"的很多案子,是后人把张楚金、张行岌、苏无名等人的功绩全部安在了他的身上。一个冤狱最多的历史时期,竟成为神探迭出的时代,这固然表明当时社会情况的复杂,更说明大唐(或大周)依然维持在起码的法纪之下。从笔记中可以看出，武则天对那些罗织罪名陷害别人的酷吏，只是为了稳固权力的一时利用，最终都没给他们好死，而真正长期信任和重用的还是狄仁杰这样正直的大臣。相信这也是武则天能将贞观之治成功过渡到开元之治的原因之一吧。

第三章　揭秘：诡谲背后的真相

一、"天启大爆炸"是外星人入侵吗？

笔者从各类科幻电影中那些火爆而奇幻的战争场面，想起了著名的"天启大爆炸"。相信大家都听说过"天启大爆炸"，这次爆炸与"通古斯大爆炸"一样，都是名气极大的"世界自然之谜"。但造成这一事件的罪魁祸首究竟为何？众说纷纭：有的说是陨石坠落，有的说是地震造成，最离奇的说法是外星人入侵地球前先做了一番火力侦察，后来见忙着做木工活儿的天启皇帝毫无战斗意志，大明王朝又正被一个叫魏忠贤的太监搞得朝局大乱，实在不愿意搅这趟浑水，才悻悻离去。

笔者从小就对这件历史谜案很有兴趣，也看过不少相关资料介绍，但绝大多数都属后人的添油加醋、杜撰演绎，看似神乎其神，其实一文不值。这里，笔者倒想通过一位亲身经历者的记述，还原这一事件的本来面目，再通过另外两则笔记加以对照，来探究这起事件成因的某一种可能。

1. 天启大爆炸的罪犯到底有没有"耍流氓"？

如果我们给这位名叫"天启大爆炸"的罪犯做一个简历，大约是如下这副样子：

犯罪时间：1626 年 5 月 30 日上午七至九时（天启六年五月初六辰时）。

犯罪地点：北京城西南隅的工部王恭厂火药库。

体貌特征：爆炸半径约七百五十米，面积约二千二百五十平方米。

犯罪后果：导致数千人死亡。

上述这些，是我在能获得的各方面史料进行考据比对之后，对"天启大爆炸"做出的一个相对客观准确的描述。一眼看过去，绝大部分人都会马上得出结论：这有啥神秘可言，不就是一火药库因为管理不善导致的爆炸事故么？

不过，此事流传到现代，有两个"不解之谜"一直被猎奇者关注：一个是在王恭厂附近受灾的所有死者与生者在爆炸后都一丝不挂，变成裸体。另一个是爆炸虽然剧烈，却"焚燎之迹全无"，也就是说没有起火和着火的痕迹。如果这两种说法真的成立，前者证明这场爆炸有点"耍流氓"的意思，专门扒人衣服。后者则说明"火药库爆炸"的观点不成立，天下哪里有火药爆炸而全无"焚燎之迹"的呢？

如此说来，"天启大爆炸"真有点诡异和非自然力的意味了。那么，真的是这样吗，我们不妨看一下亲身经历者刘若愚的描述。

刘若愚是明朝天启年间的太监，擅长书法且博学多才，在内直房经管文书。他在魏忠贤祸乱朝纲的那些年，一直遭到排挤。崇祯帝登基后处置阉党时，把刘若愚判处斩监候。刘若愚蒙冤无告，忧愤不已，于是发愤著书，在监狱里花了十二年时间写下了一本记述宫中数十年见闻的笔记《酌中志》，申冤以自明。当权者读完书稿，发现刘若愚确属冤屈，将其开释。谁说读书无用？关键时候可是能救命的！

刘若愚在《酌中志》里留下了不少对"天启大爆炸"的一手记录。由于他亲历了这一事件，所以他的记述，可信度极高。

事件发生的地点在京城西南隅的工部王恭厂火药库。这个火药库颇具规模，其编制如下："掌厂太监一员，贴厂、金书十余员，辖匠头六十名，小匠若干名。"另据有关资料：王恭厂火药库日产火药约两吨，常贮备量约为千吨。天启六年（1626 年）五月初六辰时，"忽大震一声，烈逾急霆，将大树二十余株尽拔出土，根或向上，而梢或向下；又有坑深数丈，烟云直上，亦如灵芝，滚向东北"。这段描述十分真切，无须笔者译成白话，读者都可感受到那天崩地裂的震撼。值得注意的是"烟云直上，亦如灵芝"这个比喻，如果放在现在肯定会转换成另外一个词汇——"蘑菇云"。

爆炸之后，"自西安门一带皆飞落铁渣"。而且这些铁渣好像米粒一样，落了很久。当然，爆炸的损毁也相当严重，"自宣武门迤西，刑部街迤南，将近厂房屋，猝然倾倒，土木在上，而瓦在下。杀死有姓名者几千人，而阖户死及不知姓名者，又不知几千人也。凡坍平房屋，炉中之火皆灭，惟卖酒张四家两三间之木箔焚然，其余了无焚毁。凡死者肢体多不全，不论男女，尽皆裸体，未死者亦多震褫其衣帽焉"。从这段文字来看，临近爆炸中心点的房屋大片倾倒，被炸死的人"肢体多不全"，而且"尽皆裸体"，这些也都可以理解为正常现象，毕竟肢体都被炸飞，衣服必定不完。

结合上述文字，我们来分析一下那两个"不解之谜"是否成立。

首先是爆炸之后"焚燎之迹全无"。有人认为，《酌中志》中有"其余了无焚毁"，即是此意，但如果联系上下文来看，这一句是指"坍平房屋"大多是在爆炸的第一时间震塌，很少有焚毁的，而并非"全程无火点"。这一点，在当朝御史王业浩呈天启帝的奏折中说得分明："尘土火木四面飞集，房屋梁椽瓦窗壁如落叶纷飘……火焰烟云烛天，四边颓垣裂屋之声不绝。"这哪里是"焚燎之迹全无"，明明是燎天大火。

另外就是"天启大爆炸"到底有没有扒人衣服。目前很多支持这一观点的人，在引用《酌中志》的相关描述时，对最后一句都引作"未死者亦皆震褫其衣帽焉"，而我查阅《酌中志》的原文，则是"未死者亦多震褫其衣帽焉"——"皆"和"多"是完全不同的两个意思，前者是统统完全无一漏网，后者是"大多数"。一起爆炸中，有很多人的衣帽被震掉或烧坏，尤其是在大火中人们会将着火的衣服脱掉。这一切难道不是很正常的事情吗？

2．明代何来 CH-47 运输直升机？

对于"天启大爆炸"到底是一场爆炸事故还是自然之谜，也许看一下晚清著名的外交家、洋务运动的重要代表人物薛福成在《庸盦笔记》中记录的"长沙火药局灾"事件，会别有一番思考。

同治九年（1870年）二月的某一天，位于长沙城中的长沙火药局对火灾疏于防范，导致事故突然发生，"十里之内，忽闻天崩地坼之声，墙屋震撼，门户动摇"。许多人不知道发生了什么事，都跑到自家的院子里往外看，仰头只见一幕可怖的景象："仰视如黑云遮空，又如群鸦蔽天而过"，整座长沙城上空都震响着一片不绝于耳的轰隆声，间或有从天上坠落到地面的东西，"则皆门窗砖瓦器皿，及死人血肉"。烟雾在天空弥漫，约莫两个时辰才慢慢消散。

上面说的是爆炸的"全景"，薛福成还描述了一些可怕的细节："长沙城隍铁像，素称灵异"，可是在爆炸中却自身难保，被炸成一堆四处乱飞的碎铁块。长沙府里担任教学的某先生正在学校，"忽一巨石，洞壁而入，中其头颅，脑浆流出"。巡抚洛文忠赶紧请了医生，用最昂贵的药物给他治疗，侥幸得以不死。有一个人从半空落下，正好落在了巡抚衙门的门口，却照样徐步行走，全无受伤的样子，大家都觉得十分吃惊，拉着他的手问他是怎么搞的，他说："我乘着气流上了天，又乘着气流下了地，没有什么别的感觉。"可惜，在这样的大灾中，幸运者总是少数，"距城二十里内，皆有死人手足肩股绗胃（音'挂眷'，牵绊的意思）屋脊树枝，累累不可胜数"。

对于这一灾难的原因，薛福成确认是藏在火药局地窖中的火药爆炸引起的，只是火源一直没有搞清，不幸中的万幸，是在爆炸的地窖较远的地方，有一个长沙最大的火药库，"幸未引动火气，否则轰陷全城矣"。但是长沙火药局方圆二三里外的居民"无一免者"，就连火药局外面的一条小河都被爆炸夷为平地。

从各个角度看，长沙火药局都像是"天启大爆炸"的翻版，比如遮天蔽日的烟云，比如被炸断翻飞的肢体。如果联系到"蘑菇云"这一典型现象，再排除掉完全不可信的"脱衣说"和"无焚说"，那么所谓的自然之谜，不过是一场正常的火药库爆炸事件而已（也有学者认为是地震引发的火药库爆炸，亦有可信之理）。至于什么外星人袭击地球人之类的说法，纯属一些人想象力旺盛的产物罢了。

那么，"天启大爆炸"为什么会越传越邪乎呢？这里必须要考虑到政治因素。中国古人认为天人合一，人间的政治混乱，会导致老天爷惩罚，因此，当奸人当政时，一旦发生地震、火灾，哪怕母鸡突然飞到柴草垛上，都能被代表正义一方的大臣们演绎成"天象示警"。天启年间，魏忠贤当权，这时候的一起火药库爆炸，被士大夫阶层传为"天怒"，很可以获得精神上的胜利。等到崇祯皇帝扳倒阉党后，士大夫们就巴不得把"天象示警"搞得大一点,再大一点,表明老天爷曾经给正义一方多加权重。即一边大拍皇上马屁,一边获得自己站队正确的满足感。细读天启大爆炸的相关史料,不难发现,"当事人"的记载往往比较实在,越往后,添加的"佐料"就越多。就说死亡数字这一项:《酌中志》估计"几千人",《天变邸抄》估计"人以万计",到《明季北略》死者已经变成了"余两万"。《明季北略》的作者计六奇生于天启二年(1622年),天启大爆炸时他只有四岁,他在书中记载,大爆炸中"石驸马大街有大石狮子,重五千斤,数百人移之不动,从空飞去顺承门外"。这桩 CH-47 运输直升机才能完成的事儿,和他所记载的死亡数字一样,统统不靠谱。

3. "雷击"怎么会由下向上炸开?

从大爆炸我们展开一下,说说在古代为了达到个人或政治目的,强拉硬拽让老天爷背书的事儿。纪晓岚著的《阅微草堂笔记》里记述的一桩案件,就很有代表性。

清雍正十年(1732 年)的某个夏夜,河北献县突然下起了瓢泼大雨,雷电在天空交织成一片银蛇裂响。雨后,有人报称县城西面有个村民,坐在家里被雷电击中而死。本来这是场"意外事故",把尸体掩埋也就完事了,但县令明晟还是坚持带人勘查了现场。他发现,用草盖着的屋顶、屋梁都被炸得向空中翻飞,"土炕之面亦揭起"。明晟想,如果是雷电击中屋子,那么"打击"应该是自上而下的,而现场的一切都表明,这场"雷击"是自下而上炸开去的。而且,"是夜雷电虽迅烈,然皆盘招云中,无下击之状"。这时候,明晟心里已然有了数。

他对手下的捕快们说："我怀疑这是一场冒做假雷，趁着雷雨天炸死仇家的谋杀案，既然是制造假雷，没有数十斤火药是制造不出炸药的，制造炸药必须用到硫黄。现在是夏天，不是逢年过节制造和售卖爆竹的时节，买硫黄的人很少，所以应该很容易查出。你们现在去市场上打探一下，看看到底是哪个工匠最近大量购买足以制造炸药的硫黄，再顺藤摸瓜，找出那个从工匠手中买炸药的人。"

捕快们得令，分头打听，很快就抓到了那个买炸药的人。

明晟首先问那人道："你买炸药所为何事？"那人道："我用火枪打鸟。"明晟问："用火枪打鸟，所需火药，少不过数钱，多了一两，也足够一天了，你一共买了二三十斤做什么呢？"那人道："我想多买一些储备起来，随时使用。"明晟等的就是他这一句："好，你买火药到现在为止尚不满一个月，你就是天天打鸟，也就用二三斤火药，剩下的火药储存在哪里？"那人一听，目瞪口呆，只得承认了因奸谋杀的罪行。

世间有很多看似诡异的谜案，并非是真的"无解"，其实往往是人们懒得动脑筋质疑或深究，宁愿选择一种最不靠谱的答案，比如"都是天意"。真正遇到明晟这样较真的人，可能很多谜案就能迎刃而解了。个别犯罪分子为了逃脱刑罚，玩玩这套鬼把戏尚可理解，作为国家精英的知识阶层，如果用宣扬伪科学的方式，来达到博取同情、打击对手的目的，则绝不可取。这种做法，解恨和恫吓是有效果的，但愚民者最终总是自愚，也起不到任何拨乱反正的作用。事实证明，最后扳倒魏忠贤的，不是雷公电母或绝地武士，而是一年后登基的崇祯皇帝。

二、方苞与 1691 年的"北京之疫"

康熙三十年（1691 年）夏，北京。

方苞望着病榻之上痛苦呻吟的仆人，后悔自己不应该在这个时候游历京城。因为来之前他就早已听说"京师每岁大疫，自春之暮至于秋不已"，但没有想到真的会赶上今年的瘟疫大流行。京城天天都在往外抬死人，大街小巷的每个胡同的每个窗口，都传出哭声，这样下去，真不知如何是好了。

正在发愁，门外有人跑进来激动地说："老爷，陈驭虚先生来了！"

方苞猛地站起："这下有救了，这下有救了！"

陈典，字驭虚，清朝杰出的医学家，一生专治瘟疫，活人无数。但是令他扬名后世的，却是方苞为他写的墓志铭，以及在徐珂编撰的《清稗类钞》中一篇题为"陈驭虚治疫"的笔记。

1．陈驭虚用"喝冰水"治好瘟疫

陈驭虚不仅是个奇才，还是个奇人。他"性豪宕，喜声色狗马，为富贵容，而不乐仕宦"。这在当时来说，就是典型的败家子儿没出息。偏偏他是个医科圣手，所以正统之士虽然看不起他，但又不敢得罪他，生怕有病的时候请不到这位大神。陈驭虚对此也心知肚明，因此专门欺负有权势的人，"陈与贵人交，必狎侮，出谩语相訾謷"。见到他们登门请他出诊，不是装睡就是装病，等他们走了，就冷笑着说："这些东西活着对人有害，死了倒是好处多多，我才懒得救他们呢！"

　　陈驭虚能跟方苞相识，完全是拜大理寺卿高裔所赐。即便如此，高裔的家人染病，请陈驭虚出诊，他也总是慢吞吞的。反倒是方苞找他，他都是飞奔而至，也许是因为方苞身上那种放荡不羁的才情跟他十分投机的缘故吧！

　　陈驭虚看过方苞仆人的病情，沉思片刻，立刻开出了一道奇方：去买一些冰块，放在大缸子里，化成冰水后，让病人尽情地喝。喝光后，到了晚上，再让他服药，病人"汗如雨注，遂愈"。

　　方苞十分惊讶，不知道陈驭虚是用什么方法治好了病。陈驭虚说："京城的卫生状况一向很差，胡同里人畜拥挤，生活在一起。而人们又都喜欢吃腥膻之类的'重口味'食物，不利消化，积食上火。另外，很多家庭没有单独的厕所，在屋子里排便后直接倒在外面的沟渠里，肮脏的污水就在沟渠里流淌，偏偏护城河和排水设施又连年堵塞，没有办法向广川大壑排放污物。每年开春时，地气向上翻涌，到了夏天淫雨肆虐，跟那些污水掺杂在一起，到处泛滥，流满大街小巷。这时候太阳再一暴晒，疫气随之蒸腾而起，进入人的五脏六腑，长期积累就形成了瘟疫。而冰水有'厉而下渗'的作用，可以将疠疫迅速排出体外，然后再服用药物，发汗也是排毒，这样就能够治愈疾病了。古人在冬天收集冰块，藏在地窖里保存，在宴请宾客、婚丧嫁娶等人群拥挤的场合使用，就是为了在传染病多发的时节防病、治病啊！"

　　为方苞的仆人治好了疾病，陈驭虚又继续栉风沐雨地穿梭在京城的大街小巷，治疗瘟疫。达官显贵们为了拉拢他，劝他出来做官，或者去太医院做个医士，陈驭虚都拒绝了。他说："我每天可以救治几十上百人的性命，如果我当了官，岂不等于每天要杀死几十上百人？这样的事情我可做不出！"也多亏了他宁做良医不做良相的志向，瘟疫终于得到了控制，"疫者闻驭虚来视，即自庆不死"。

2．疏通百年暗沟熏死多人

不能不说，生活在清朝康熙时期的陈驭虚，对瘟疫的成因，还是有相当见地的。那就是污水处理系统的堵塞，导致北京城的市民每到夏天就生活在一个可怕的"病箱"里。

现如今，很多人活一世矫情一生的文艺男女，喜欢"怀念"民国时期的北京。其实他们要是真的穿越回去，别的不说，一个"脏"字就能把他们活活吓死。从方苞生活的康熙年间到民国时期，北京的卫生状况一直得不到根本的扭转，甭看现在的影视剧把旧京城拍得何等的风景如画，读者如果想知道真的"旧京人物与风情"，不妨去看看1952年的老电影《龙须沟》，然后包您感慨：还是新中国好！

古代北京的污水处理系统，实际上是元代打下的底子。即在主要街道和居民区的地下，修有长长的暗沟，上边与一座用砖砌成的渗水井相通。居民把生活废水倒入渗水井之后，废水慢慢渗入暗沟，继而顺着暗沟流进水关和河道里。这一套污水处理系统，一用就是几百年，因此造成暗沟中淤积了大量的秽物。这期间，并非没有人意识到暗沟需要疏浚了，但关键问题在于暗沟很长，又砌在地下，掏挖十分不方便。因此，一到夏天多雨的时节，北京城的地面就污水横流，肮脏不堪，幸亏那时节没有现在这么多汽车，不然拥堵得只会更厉害，而由此引发的瘟疫也是时常发作。

到了明朝成化年间，明宪宗朱见深真的是忍无可忍了，便批准了相关的奏折："京城水关去处，每座盖火铺一，设立通水器具……迂雨过，即令打捞疏通，其各厂大小沟渠、水塘、河槽，每年二月令地方兵马通行疏通。"从此京城又添了一景，每年一过春分，许许多多"掏夫"便会刨土掀沟盖，掏挖深井中的淤泥，疏通地下暗沟。当然，这些"掏夫"普通人是不愿意做的，做的都是些衣食无着的城市最穷困者。很大程度上，他们是用生命在工作，读者一想可知，几百年没有疏通的暗沟，当沟盖打开之时，秽气冲腾，是何等的臭不可闻，不少"掏夫"被熏倒，甚至还有中毒而亡的。那些掏出的污泥秽物，都堆在街上，搞得整座北京城臭不可闻，来往的路人"多佩大黄、苍术以避之"。

直到清代，三月疏通暗沟依然是一件非常可怕的事情，有一首竹枝词描述道："污泥流到下洼头，积秽初通气上浮，逐臭当须掩鼻过，寻常三月便开沟。"

据史料记载，到清朝末年，北京城市人口达六十万，而六十万人每天产生的各种生活污物，完全依靠少量掏粪工、垃圾清运工来处理，根本无法应付。20世纪初，有西方来华外交官记录道：老北京的道路两边，到处是随地大小便留下的痕迹，空气中弥漫着令人作呕的味道。到20世纪二三十年代，这种肮脏不堪的局面，不仅普通居民区没有改善，甚至还"扩散"到了皇家园林，比如北海公园的"海"上出现了多个垃圾岛，漂浮着一大堆臭不可闻的废品，成了苍蝇、老鼠的聚集地，随时有引发瘟疫的风险。

3. 1943 年的"虎烈拉大流行"

这样的情况，自然引起以霍乱为代表的瘟疫流行。民国时期著名新闻记者梅蒐在《益世余谭》中，就记录过 1919 年发生在北京的"虎烈拉（霍乱）流行"，据说由于病情"传染甚速"而为害甚大。次年，"天气亢旱，骄阳肆虐，寒暑表已达九十五华氏度（三十五摄氏度）。当此炎天烈日，热气侵人，大半喜食生冷，而劳动家为尤甚，甚至露宿当风，贪图一时凉爽。"梅蒐担心，这样的情形，很可能会导致虎烈拉的再次流行，因为除了城市本身脏乱不堪，滋生细菌之外，古代医书上还明白写着"多饮茶水、冰浆，致伤脾胃，遂成霍乱吐泻之症"。

1943 年夏天，北京终于爆发了一次瘟疫大流行，时人"谈虎色变"（"虎"即前文的虎烈拉，指霍乱）。事实上，当时的北京，每年春夏，学生和市民都要打霍乱预防针，甚至路上还有人检查注射证，要是没带，连火车票都不能买。由于打预防针后，有的人胳膊肿痛、发烧，这些虽然都是正常的反应，但当时人不喜欢。当时人认为夏天要是上吐下泻，就吃点万应锭、藿香正气水什么的，过得去就过去，过不去就过不去了。

1943 年的北京正沦陷于日寇的铁蹄之下。这次爆发的霍乱非常严重，从关外、热河等地闹起，疫情直扑北京。侵略者在霍乱防疫针的注射和检查上采用野蛮的手段，经常在街上拦路检查，发现没有注射证的，就拉出来打针，不肯打针就暴打。即便如此，仍然有人宁可缩在家里不出门或绕小胡同，也不肯打针。日本人实在是没辙，干脆出动军队，关城门检查没有注射证的市民，发现了就直接抓走。他们还在城门口摆放了十几口大缸，缸里全是撒了漂白粉的消毒水，出入城的只要携带食品，不管生熟，日本兵一律扔进缸里浸泡消毒，然后再还给主人，至于这么泡完之后还能不能吃，可就不管了。

看到这里，有人可能会觉得日本人在防治霍乱上"认真负责，一丝不苟"，但是后来从日伪留下的档案中发现，这次霍乱大流行，正是日本人在北京悄悄培养霍乱病菌，研制生物武器的"副产品"（1943 年，日军在山东卫河流域发动的细菌战——"霍乱作战"，导致中国死亡人数高达 42.76 万人）。

新中国成立后，北京的污水处理系统和疾病防疫水平都取得了巨大的改善和进步。重新了解北京城的瘟疫史，对于现代人而言，恐怕只能是为了了解而了解。不过，读书阅史，"为了了解而了解"总比"为了避免重蹈而了解"更让人开心和欣慰。对于一个时代和一个国家而言，没有暗沟是不可能、不现实的，那将导致有些污秽无法排除，重要的是保持暗沟的卫生和疏通，只有这样，才能保证地面上的健康和太平，这绝对是毋庸置疑的事情。

最后，给敬爱的读者献上一首记载在《益世余谭》里的古卫生歌：

> 四时惟夏难将摄，伏阴在内腹冷清。
>
> 补肾汤药不可无，食饮稍冷勿哺啜。
>
> 心旺肾衰何所禁，特忌疏泄通精气。
>
> 寝处惟宜谨审间，默静志虑和心意。
>
> 冰酱瓜菜不宜人，必到秋来成疟痢。

其实，"卫生"二字在《汉书》中即已出现，而民国时期的人管讲述卫生道理的古诗和古话别有一称，曰"顽固卫生"，大凡有关健康的学问，能历经千年而始终"顽固"的，总有一番道理，不妨一听。

三、晚清武术真实的"功守道"

相信很多读者，特别是男性读者，都对武侠小说很感兴趣，特别对里面人物的绝世武功有着无穷的遐想。笔者在中学时代也不例外。那时看武侠小说入了迷，也想练一身飞檐走壁、拳脚无敌的本领。于是在放学后约了几位同学，到公园寻访"高人"。那年月，各种养生神功正在流行，附近公园里最知名的一位是据说已经年过九旬却鹤发童颜的老人，他每天带着一大群人在山坡上的松树林里打太极拳。他的一位高徒接待了我们，用一种密不可示人的低声告诉我们，这位老神仙一掌推出能打死一头老虎！这令我们十分神往，正准备拜师学艺，同学中有位爱较真的，多问了一句："能否让老神仙给我们演示演示打虎神功？"那位高徒立刻板起脸来："那你们得先去抓一头老虎过来！"

这个听起来宛如笑话的故事却是真实的，直到多年以后笔者才明白那位高徒是个逻辑学高手。他事先陈述了一个根本无法证明的例证，这样无论怎样质疑，质疑者都没有获得正确答案的可能，因而也就不能证明那个例证是错误的。而在中国武术的很多传说中，恰恰有太多类似的"神迹"，虚无缥缈、无法证伪。

那么，这次笔者将通过一些晚清的史料和笔记来给您讲讲那时真实的武功到底是啥样子的。

1．真正的"铁布衫"这样练

排除隐居在山林的各路神龙见首不见尾的大神，清末武林高手多集中在三个地方：官府的专业机构、民间的镖行以及啸聚江湖的匪帮。

先看官府的专业机构。我们可以拿大家最熟悉的西山健锐营和大内侍卫举例。西山健锐营是清军的"特种部队"。乾隆十三年（1748年），乾隆帝以大学士傅恒为将，率领五千精兵讨伐蜀西大金川土司莎罗奔，其中就有两千人是从香山脚下进行军事操练的京城兵丁中选拔出来的。战争结束后，这些人在香山脚下成立健锐营，营分左右两翼，各设翼领一人，并选王公大臣兼任都统。

平日里，健锐营的军事训练以飞架云梯、飞跃碉楼、抢占制高点为主。这支军队并不崇拜单打独斗，而是强调战术配合。以日常训练最多的架梯登楼为例：攻方把两丈多的云梯放在远离碉楼的地方，梯子的两侧各站有一队兵丁，约二十二名，云梯后面还有三十名营兵，待前锋参领一声令下，梯子两侧的兵丁便一齐将梯子抬起，向碉楼冲去。待云梯的顶端靠在碉楼的顶部时，后面那三十名营兵即呐喊着攀梯而上。此外，健锐营还特别重视骑射本领，训练时，马箭手从演武厅教场马道东侧的马城门洞中疾驰而出，见得南面的箭靶，便弯弓搭箭，飞驰发射，命中靶心者会获得本旗兵丁的喝彩。

不过，令人奇怪的是健锐营士兵平时并不怎么练太极拳、螳螂拳、易筋经之类的"武林绝学"，而是注重体能训练。最常练的竟是再普通不过的单杠和石锁。那时的单杠均为木制。首先找两个磨盘，分别插上木桩子，在木桩子的上方开孔，将木棍子插入其中，单杠就做好了。而士兵们上杠之后也没有双臂大回环之类的花样，就是练习引体向上，照样练得胸部和两臂肌肉暴涨。

相比之下，大内侍卫更有当今"武林高手"的模样。不过，也从来没听过他们之中有人练过化骨绵掌或水上漂等功夫。这些出身旗营的健儿们自小勤学苦练的，不外乎"打沙袋、踢木桩、盘搅棒、甩条子、扔把式锁、举杠石盘子、滚柱石头"等。同时还有器械格斗，即把白蜡木的一头缠上皮子或棉布，粘上石灰，模仿刀矛或扎枪，对峙打斗。当然最重要的还是"布库"——满族和蒙古族的民族式摔跤，这个固然有许多技巧，但归根结底还是要靠着日复一日的艰苦训练培养出的良好体能为基础。那时，满族的孩子从会爬开始就要在大土炕上练习抓宽皮条子甩枕头，枕头瓤从荞麦皮到苞米粒，再到绿豆或大豆，连抱带扛之间，很多摔跤的技巧就不学自悟了。

不过要说大内侍卫们真正练过的武侠小说中的武功，大概只有"铁布衫"了。不过这一功夫也不是用什么气功堵住穴道，而是用榆木、梨木、枣木制成的二尺内长短、直径同手握大小的硬木棒子，自我勒打全身各处的腱子，以达到抗击打的效果。

2．真正的"鸳鸯腿"这样用

可能有人会说，西山健锐营也好大内侍卫也罢，都属于官方的军事机构，跟传统意义上的"江湖"不是一回事，所以他们的武功也不能用"侠客"的标准来衡量。那么，就让我们看一看晚清时民间的镖行和啸聚江湖的匪帮，又是怎样的情形。

晚清，京城的镖行分成北道和南道，由于保镖的路径不同，镖师们的"绝活儿"也不同。

先说南道镖路。当时这一路镖主要是走运河，由通州的张家湾登船，放棹南下，可直达临清、淮安、扬州、镇江以及苏杭和绍兴。南道一般都属于当时镖局的"大宗业务"，防的主要是水贼和水匪。走南道的镖师除了会游泳和驾船之外，最重要的是会"闪功"，这是因为镖师和水贼交手多在船舱或甲板，都属于逼仄窄小之地，没有多少回旋余地，长兵器耍不开，只能短兵相接，所使用的套路又多是直刺，决定生死胜负往往就在一瞬间。这种情况下，谁能不被对方一击而中，谁就多一次反击获胜的机会，所谓"闪功"，就是不管什么兵器刺来，都能让利刃在离身寸间之距闪过。

此外，南道镖师们必不可少的是还要练习轻功和"梅花桩"的功夫，这是因为万一和水贼在舱顶上或两船之间交手，下盘功夫要是不扎实，掉进水里可就大事不妙了。可是尽管镖师们也会水，但水性跟水贼比往往逊色三分，一旦落水还是会吃大亏。

再说北道镖路。当时这一路保的镖多出塞外，沿途主要是荒滩、草原，乃是无路政可言之地。大车行走不便，所以跑口外买卖的商队大多使用骆驼运输货物，镖师则骑马跟随护卫，可想而知，骑射的本领就比什么都重要了。走北道的镖师大多是有百步穿杨、辕门射戟等本事的神箭手，他们弯弓搭箭的目标是马贼的马鼻子，因为鼻子是马最敏感、娇嫩的部位，目标也大，一旦射中，什么样的骑手也难以驾驭，非翻身落马不可。

随着时间发展，南道的运河中断，北道也在不断修路，所以货运和商旅都开始流行用骡子或马拉的平板木车。这时遇到抢劫的贼人，镖师们就要进行车战，他们最常用的武器是一手拿丈八蛇矛，一手握单刀，长矛的任务是不让骡马被贼人所伤，单刀的任务是不让贼人爬上车来，保护自身安全。这样就形成了"远的枪挑，近的刀砍，再近脚踹"

的战术，故而当时在镖师中最流行的功夫是十八路转盘刀和三十六路绝命枪，以及鸳鸯腿。另外，笔者没有见到过那时有谁用过佛山无影脚的记载。

如果说镖师们的行为做派中真的有什么武侠小说中的情节，那也许就是身上穿的夜行衣了。这身衣服形同保护色，根据夜色的深浅不同而有所变化。伸手不见五指的夜晚，穿一身黑；云朦胧月朦胧时穿一身深灰，半月当空时穿浅灰，皓月朗照时穿一身月白，雪夜则穿一身雪白。晚上护院和护镖，镖师们的主要武器是单刀和石头子儿，移形换影大法是断断用不来的。

至于江湖匪帮，也没有什么高人一等的武功，反倒是武器略先进，毕竟劫镖一方是攻，保镖一方是守。从传统上讲，攻的一方在进攻性武器上都要更占优势或先机，晚清的匪帮往往都比镖行早一步配上了洋枪，比如著名的悍匪康小八和宋锡朋，身手矫健是不假，但更出名的是枪法好和心狠手黑。据说，康小八就是因为潜入东交民巷的英国公使馆，偷了英国国王准备送给光绪皇帝的礼物——两支蓝钢左轮手枪才在江湖上名声大振、作威作福的。

3．真正的"大砍刀"这材料

清代笔记中，早期和中期还有不少类近于神怪的"武林高手"出现，他们有的会梯云纵，有的擅钻墙术，当然看得出这些都是些纯粹的杜撰。到了晚清的笔记中，这类"高手"就越来越少了，大约是整个国家在洋人的坚船利炮面前屡战屡败，而高手竟无一作为，所以也没脸大张旗鼓地吹嘘了。这期间，成书于同治十三年（1874年）的《里乘》

一书中的一篇名叫"吴生"的文章，倒是道出了几分武林高手的真面目。

文章说的是唐朝的故事，卢龙节度使李公把女儿嫁给了一个贫困的书生吴生。之后，李公觉得女儿嫁委屈了，"阴悔而厌薄之，欲杀之"。恰好这时有敌人大举入侵，"朝廷忧之，诏各路节度使举将才"，李公就推荐吴生，说自己的女婿"素习韬略，可胜将帅之任"，皇帝批准了。吴生知道岳父想借刀杀人，却又不敢推辞。临行前与妻子诀别时，妻子勉励他说："男儿志在四方，死生有命。此行安知非福！努力为之，不立功归，无相见也！"这一番话让吴生增长了很多勇气，他思忖自己是个读书人，虽然不能力取，却可智胜，未尝不能与敌一战也。

到了前线，他积极备战，强化军纪。等到时机成熟的那一天，突然把全军将士召集到一起，先举行大阅兵，厚赏三军，然后笑着对诸位将领说："你们带兵得法，效果颇佳，如果能够在战场上勠力同心，何愁不能打败敌人呢？大家所担忧的，无非我是一介书生，看上去肩不能挑手不能提，事实上你们都错了。我自幼颇好驰马试剑，这里就向大家一展薄技，以博诸君一笑吧。"

众将听了，面面相觑，唯唯称诺。

没多久，几条壮汉气喘吁吁地扛着一把大刀来到校场之上，看那大刀有千钧之重。吴生"乃着戎服，跨骏马，持所舁大刀，下抑上扬，左荡右决，轻如挥扇，易若折枝。舞毕下马，毫不竭力"。军营中顿时欢声雷动，一齐贺道："公神威，真天人也！"然后吴生命令把那把大刀放在营门附近，择日对敌发动进攻。

再说，敌军那边早就派出坐探潜入大唐军营刺探情报。本来听说来了一位书生掌兵，还在嘲笑大唐无人，等到那坐探在阅兵场上"见生舞刀，大惊，舌挢几不能下"。当天深夜，坐探偷偷跑到营门附近，想掂量一下那把大刀到底有多重，"举之，直如蚍蜉撼树，牢不能动"，才明白这位吴生乃是一位武林高手，是真正文武双全的优秀统帅。

接到坐探送来的情报，敌军惊慌失措，"君臣筹议，以为不早自量力，强与交绥，是螳臂当车，徒自取死。急上表谢罪，愿岁岁朝贡，永誓不反"。

捷报传来，朝廷嘉悦，升吴生为岭南节度使。夫妻团聚后，妻子问吴生什么时候学会一身拔山撼岳的好武功。吴生笑着告诉她，这一切不过是个戏法，自己在校场上所舞动的大刀，乃是"以木片饰锡箔为之"，等到放置在营门附近后，暗中以一把一模一样的千钧铁刀置换，故意让坐探侦报。

这一套戏法大概就是很多古代"神功"的真面目，直到列强压境的近代，终于再无用武之地。靠着先进的火炮和洋枪武装起来的侵略者，才不管你是张三丰的传人，还是少林寺的弟子，在瓜分中国的道路上神挡杀神、佛挡杀佛，而大清的前锋营、护军营、善扑营、健锐营，也都成了老百姓口中的"玩耍布库甩皮袋、腰里别着铜烟袋、见着洋人就歇菜"的无用之兵。经过百余年之一代又一代仁人志士的不懈努力，今天的中国早已傲视寰球，无人敢欺，但是我们依旧应该警惕那些擅长自我愚昧的传统糟粕，坚信能让祖国富强的一定是科学技术和科学的思想方法，而不是什么故弄玄虚、查无实据的旁门左道。正如鲁迅先生所言："苟有阻碍这前途者，无论是古是今，是人是鬼，是'三坟''五典'，百宋千元，天球河图，金人玉佛，祖传丸散，秘制膏丹，全都踏倒他！"

四、清末民初，治牙疼居然真能挑出"牙虫儿"

最近几年，倘若总结一下微博上什么商品销售最火、什么商品被各路意见领袖们推荐得最多，排在前面的，当数不同品牌的电动牙刷和洗牙器。作为一位曾经的健康媒体记者，笔者非常清楚地知道：对牙齿健康的维护与关注，与一个国家的文明程度息息相关。认真刷牙、定期洗牙、从小护牙完全可以视为发达国家的标志。一般来说，"牙好，胃口就好，身体倍儿棒，吃嘛嘛香"确实有其逻辑上的合理性，而且在爱牙上做得比较好的国家，国民普遍都比较长寿。所以，这股普及新型牙具和洁牙理念的风尚，不应仅仅视为商业运作，更应看成中国医疗卫生领域不断进步和国民保健意识不断提高的象征。

这里，笔者摘引一些清末民初的笔记，为大家描绘一下当年的"牙科乱象图"，不仅读来有趣，又引人深思。

1. 宁可满口齿落，不可西医入国

现代人提起中医，褒贬不一。客观来说，我们的老祖宗是很对得起子孙的，尤其在医学上，曾很长时间领先于世界。就说牙科吧，在张仲景、华佗、李时珍等名医所著的医书中，都有大量跟牙齿保健相关的记述，比如张仲景的《金匮要略》有"小儿疳虫蚀齿方"，葛洪在《抱朴子》里提出叩齿保健法，宋代笔记《玉壶清话》载治齿药歌一首曰："猪牙皂角及生姜，西国升麻蜀地黄。木律旱莲槐角子，细辛槐叶要相当。青盐等分同烧毁，研末将来使最良。揩齿牢牙须鬓黑，谁知世上有仙

方!"南宋名医严用和在《严氏济生方》也记载当时的人"每日清晨以牙刷刷牙,皂角浓汁楷牙旬日数更,无一切齿疾",还出现了专门生产和经营牙刷、牙膏的"刷牙铺""牙粉行"等。这些足以说明,中医不仅很早对防治牙病有了正确的知识、经验和方法,而且这些经验和方法在民间还有相当高的普及率。

随着西方医学的不断发展,尤其是法国医生皮埃尔·福歇尔于1728年出版《外科牙医》之后,牙科在欧洲各国获得飞速进步,特别是各种手术的推广,极大地缓解和治愈了牙病患者的痛苦。与此同时,中医在牙病治疗上进展有限。特别是在清末的笔记中提及牙病,竟然多半还是用偏方施治。比如《浪迹丛谈》中谈到治疗牙痛,"最灵"的处方是冰黄散:"用牙硝三钱,硼砂三钱,明雄黄二钱,冰片一分五厘,麝香五厘,合共为末。每用少许擦牙,有神效。"而治疗牙齿出血和固齿健龈的处方则是:"生地黄、细辛、白芷、皂角各一两,去黑皮并子,入藏瓶,用黄泥封固,以炭火五、六个煅,令炭尽,入白僵蚕一分,甘草二钱,合为细末,早晚用揩齿牙。"当然,还有漱口水的处方:"用细辛、芫花、川椒、小麦各五钱煎汤漱口者,亦效,但不可咽下,或用好烧酒漱口,亦可。"总体来看,多为内服和外敷。当然还有些玄而又玄的言辞,比如《两般秋雨庵随笔》写:"目有病当存之,齿有病当劳之,治目当如治民,治齿当如治军。治民当如曹参之治齐,治军当如商鞅之治军。"没错,这又是传统文化中"医儒不分家"的产物。

有趣的是,随着西方科学技术的不断引进,西医牙科诊所逐渐在各地有所开设,并取得了非常好的效果,这反而引起了一些保守派的攻击。在光绪年间任吏部主事、苏州知府的何刚德曾在自己的笔记《客座偶谈》中引用郑稚莘言曰："齿与胃相表里，齿之咀嚼力有若干度，胃之消化量亦有若干度；若齿之力强，而胃之量弱，未有不受病者。今之补牙，是助齿之力，而不能助胃之量，害事孰甚。况补牙种种不便，流弊尤不可胜言乎。"这段话的大致意思是，牙齿和胃互为表里，人老了，牙齿坏了，同时胃力也下降了，正好可以少食慢食，这时如果补牙，等于是扶持了齿力，而胃力不能增进，导致食量增加而肠胃不能消化，反而致病。这段话听起来似乎很有理，其实就是一段谬论。首先，从保健医学的角度讲，任何年龄都应该适量饮食、细嚼慢咽。其次，年龄大了肠胃的蠕动和消化能力确实不如年轻时，在这种情况下，如果要补充营养，就更需要坚固的牙齿，不仅能够正常摄入主食、菜蔬和肉蛋，同时可以食用相对坚硬的干果等等，以达到膳食平衡。

何刚德是那个时代守旧派的典型代表，他们主张宁可满口齿落，不可西医入国。他自己年老时一共掉了七颗牙："凡落齿时，虽不甚痛苦，终觉累赘，有人屡劝补牙，余终深信稚莘之说为不可破也。"表现得相当顽固，而他护齿洁牙，靠的是"防风"。在他眼里，"齿病只有风、火、虫三种，而风尤甚。医家重治火、虫，而略于风。此方用薄荷八钱治风，为独得之秘。"以及卫辉知府华辉赠他的擦药偏方："生熟石膏四两，青盐二两，骨碎补六钱，薄荷八钱，四味而已。"

2. 牙齿美白秘方，竟是稀释盐酸

科学不昌，必然导致诈骗横行。就在西医牙科缓慢地克服重重障碍进入中国之时，另外一种牙科治疗方式在民间流行起来，俗称"挑柴吊汉儿"，简单来说就是江湖医生施行的骗局。

清末民初，拔牙镶牙治牙病跟治疗阳痿早泄、点痦子、治脚气归入一类，都属于不关乎人命的。所以很多地方的卫生局不设考核，无照亦可营业。记得连阔如在《江湖丛谈》一书中记载，当时北京的这些"牙医"们都散落在各个市场里，支着药摊儿，上面挂一"××牙疼药，立时止疼，不灵退洋（指洋钱）"的幌子。有些患牙疼的人，找他当面去治。这些"医生"的确有一种秘不外传的药物，抹在患牙上立刻就不疼了，可是药劲儿过了照样疼。患者再找他，他就有话说了："这个病要想去根儿，必须把牙洞里面的虫子给拔出来，才能永远不犯。"病人疼得龇牙咧嘴，当然渴望彻底治好，多花几个钱也认了。然后神奇的一幕发生了："他用根细篾儿另抹上点儿药，待不了一袋烟的工夫，再用骨头针儿，从牙上往外拨。这时，像线头儿似的小虫子，全都拨出嘴来，还都是活的。"病就算治好了。

稍有现代医学知识的人都知道，造成牙疼的原因，多是牙龈炎、牙周炎、龋齿或折裂牙而导致牙髓感染所引起的，哪里有什么真的虫子？可是在那愚昧的时代，一见到活生生的肉虫，患者的病就算好了一半，喜滋滋地交钱走人。可是还没走到家，牙又疼得挖心钻髓的，再去市场里找那个医生，可就再也找不到了。原来，"医生"的治病其实是变了个魔术，"做这样生意，必须事先将菜虫子粘在细篾底下，往牙上一绷，菜虫儿便掉在牙上，然后愣一会儿再取出来。小小的戏法儿，便能馈下杵来（要下钱来）。"据连阔如回忆，这种生意曾经很是发达，后来随着知识日见开化，才渐渐没人再上当了。

不过，骗子们总是能花样翻新的，既然支摊儿蒙不了事，那就增加"权威感"，也就是租门脸，挂上专治牙病的招牌。这种门脸往往油漆彩画，颇为唬人，其实都是金玉其外，败絮其中。几样简单的医疗器械，无一不是锈迹斑斑，肮脏不堪，即便如此患者还是源源而来。那时的人们平常不注意口腔卫生，久而久之，牙齿受损，疼痛难忍，江湖医生们唯一的方法就是拔而镶之，所镶之牙也自然不是什么好材料，没有多久就镶而复拔，拔而复镶。最终只会落得满口假牙，所以那时的这些所谓的"牙科诊所"，其实都是"镶牙诊所"。

还有一种颇受欢迎的生意，就是治疗牙齿黑黄的。"医生"将一种淡黄色的液体抹在患者牙齿的表面，黑褐色或黄色的污垢立即脱落，接着就会露出一嘴洁白如玉的牙齿。这种"奇妙的美容术"曾经让很多患者惊叹不已，但用不了多久，牙齿就会坏掉。原来，那种淡黄色的液体只是经过稀释的盐酸，其腐蚀性极大，所以在除掉牙垢和牙菌斑的同时，也破坏了牙齿表面的釉质。

骗子们的生意一帆风顺，正经牙医却反而有生命危险。清代王无生所著笔记《述庵秘录》中记过一事：有一天，城里的一位有名的牙医，家中突然来了个客人，客人"以脱齿一枚令其镶配"。牙医说镶牙必须见到患者本人才行啊，那客人才承认自己乃是宫中的太监，带着牙医进了皇宫，"至宫中一极远极深之处，见一人服青布袍，独坐座上，面色惨黑，痛苦之状，目不忍见。口齿上津津血液溢露"。牙医为他镶好了牙。第二天那位太监再次来访，说昨天镶牙效果很好，那位患者特地让他赠给牙医一个荷包及四两银子表示感谢。又过了一天，有个陌生人仓皇走进牙医的家，痛哭道：我是那位导引你进宫的太监的兄弟，如今他已被太后扑杀，"尸骸掷露，无钱买棺"。牙医大惊，仔细一打听才知道，那位穿着青布袍的患者乃是光绪皇帝，牙齿是被西太后指使人打脱的。而慈禧又恨那位太监找人为光绪镶牙，故扑杀之。

3．正规牙医收入，轻松可破百万

随着时间推移，西医牙科诊所逐渐普及，而在牙医的人才培训方面也日见成就，特别是在当时中国最发达的城市——上海，尤显突出。

1926年的《新上海》杂志上有一篇文章，正说明了上海牙科兴起的盛况。上海当时已经有了专门的牙科学校，其中最著名的一所叫做中国第一医科学校。该校位于汉口路九号，由俄国人设立，有七八个学生，既教学也对外治疗各种牙病。还有一所叫做万国牙科学社，位于南京路，由一位名叫陈思明的人设立。除了教学和治病外，还兼售各种医科材料，据说当时全国各地牙医室内所挂的一张齿部解剖图，就是由他印刷发行的，每张五角钱，在当时不算便宜，但销量很不错。当时的上海，牙科诊所多设于南京路，很多欧洲牙医就在那里营业。后来，上海的江西路上也出现了赫德、装盘等品牌诊所。接着是虹口，那里是日本的牙科医生汇聚地。而中国的牙科医生中，最著名的有江西路的徐紫峰、南京路的徐峻民、霞飞路的司徒博、三马路的郑灼臣。专门为女性患者诊治的女牙医也有几位，多是欧洲人，当时的一大新闻是，有位名叫宋佩珍的中国女牙医，在俭德会附近开设了一家独立诊所，"这是中国破天荒的第一位女牙医"，在社会上引起了很大的反响。

这篇文章可谓对1926年上海牙医情况的摸底总结。在随后的时间里，中国牙医培训和诊疗又取得长足的发展。据1934年到1936年间的统计，全国公立大学医学院、独立医学院及医药牙医专科学校共计三十三所，而上海就占了八所。医师的主治科别分类，以普通外科和内科最多，第三是牙科。与此同时，随着当时的国民政府对学生体检工作的推进，牙齿卫生也被纳为体检的项目之一。在 1933 年北平市社会局卫生教育委员会制订的"晨间体检章程"的第六条中，就有"该生放下两手，张口并露出牙齿，教员注意该生口腔内是否清洁，有无牙疾"的字样。

到 1947 年，据上海医师公会的调查，牙科医师中领有正式医师执照者一百一十七人，而领有临时执照者一百四十七人。这必然会吸引患者接受更加科学、规范的牙科保健与治疗。同时，牙医的收入也水涨船高。正规的牙医在 20 世纪 40 年代末收入二三百万算是保守的。有上海档案馆的资料为证："牙医吴绶章，三百余万元；西医司徒博，办理一牙医院，规模相当可观，有医师二三人，护士数名；包宜蕴，收入二百万元，家有一妻三子一女一护士一车夫；牙医科瓦伊康，七百万元收入；汪公复，资产三千万元，月收入四百万元。"由此可见，当时的优秀牙医在生活水平上已经进入中上等。

不过，牙医作为一种"高收入行业"是世界性的。有些"不懂行情"的患者，还曾闹出笑话来。《汪穰卿笔记》中记一事，有个姓欧阳的人到英国旅行，住在旅馆里，有一天牙齿掉落。他非要拿腔作势，使人召牙医来镶牙，"造型配质，往返凡三四"。镶牙之后结账时，账单上写着一百五十英镑。这在当时是一笔巨款，把欧阳吓呆了，问其他在英华人："岂英伦配牙至一百五十镑欤？！"人家说谁让你不自己去牙科诊所，反而把医生召到旅馆诊治的。欧阳实在没办法，到那位牙医的诊所理论，牙医说：镶牙虽贵，但明码标价。倘若你一开始就来我的诊所，那么就按照定价收费即可，但你是把我叫到旅馆诊治的，就涉及到路上花费的时间，而在那段时间里我给其他来诊所的患者施治也可以有收入，所以必须收你的钟点费。两个人辩论再三，乃以一百二十镑作罢。

直到今天，牙科医生都属于待遇颇高的职业。不过想成为一位合格的牙医，所要接受的教育和职业训练也相当艰苦和漫长，高技术高收入本是天经地义之事，从另一个角度也提示我们：每天认真刷牙，做好牙齿保健，别等到躺在牙科诊室里，一边体验难言之痛，一边付出高额的诊疗费用，再肉疼并心疼。

五、当"喵星人"开口说话的时候

　　猫在许多国家都被认为是一种具有灵异色彩的动物。它昼伏夜出的习惯，它自由散漫的性格，它迅疾如电的速度，它对人依恋却绝不依赖的态度，尤其是它那一双在黑暗中灼灼发亮的眼睛，都令人感到它或许是世界彼岸来与我们通灵的使者。从这种意义上，也许能够理解，"喵星人"这个称号的流布并非没有道理。

　　而在古代笔记中，经常可以见到"喵星人"开口说话的记述。

1．杀不死的猫

　　清代学者和邦额在笔记《夜谭随录》中描写了一个惊悚的故事。

　　清朝有个笔帖式，家境殷实。他的父母虽年事已高，但身体都还硬朗，兄弟姐妹也都过得很好，说起来家里算得上其乐融融。这位笔帖式闲来无事，特别喜欢养猫，一下子养了几十只，"每食则群集案前，嗷嗷聒耳，饭鲜眠毯，习以为恒"。

　　这么跟一大群猫一起过日子，久了也就习惯了。这一天他吃饱了饭跟夫人聊天，"家人咸不在侧"，恰好这笔帖式要泡茶，夫人召唤丫鬟前来伺候。喊了好几声也没有人回应，忽然听到窗户外面有人也在喊丫鬟，声音尖细，十分怪异。笔帖式掀开门帘一看，庭院里"寂无人"，只有一只养了很久的老猫坐在窗台上舔着爪子，笔帖式茫然地望了半天，突然发现那只老猫回头冲他龇着牙齿一笑，笑容诡异可怖。笔帖式吓坏了，回到屋子里告诉夫人，夫人听完也吓坏了，大叫大嚷起来，这一下子全家人都聚拢了来。有人听了笔帖式的话，以为他是在讲笑话，看那老猫还踞在窗台上，就戏弄它问："刚才替夫人喊丫鬟的是你吗？"没想到那老猫竟点了点头。这一下，全家大哗，笔帖式的父亲——老太公"以为不祥，亟命捉之"。老猫一边喊着"莫拿我，莫拿我"，一边猛地一跃，"径上屋檐而逝，数日不复来"。

老猫是逃掉了，但一大家人却惶惶不安。总觉得一只猫突然开口说话，不是什么好兆头，便都埋怨笔帖式养猫养出了怪物。这一日，丫鬟刚开始喂一大群猫吃饭，就见那只老猫又混在其中前来就食。丫鬟"急走入房，潜告诸公子"。一大家子人气势汹汹地冲了出来抓猫。老猫上蹿下跳，却架不住逮它的人太多，最后终于被捉住，"缚而鞭之数十，猫但嗷嗷，倔强之态可恶"。笔帖式准备杀了它，老太公忙拦道："这是一只妖猫，杀了它恐怕会有凶灵作祟，到时候更麻烦，还是放了算了。"笔帖式虽表面上答应，但还是偷偷让两个仆人将老猫装进一只皮囊里，拴上石头，投进河里淹死。

两个仆人办完了事，回家复命。一家人正聚在屋子里谈论，他俩还没开口说话，突然眼神发直、浑身发抖，原来那只应该已经淹死的老猫"直至寝室，启帘而入"，其他的人"瞥见猫来，胥发怔"。老猫跳上老太公平时喜欢坐的马扎，"怒视其父，目眦欲裂，张须切齿"，厉声骂道："老东西你这辈子害人无数，而今还要谋害我吗？想你一个才能都不如蚯蚓、蚂蚁的蠢货，时来运转科举中第，刚开始在刑部当官，靠着溜须拍马讨上司的欢心，升任知州，然后贪污腐败、严刑峻法，荼毒百姓，作威作福，当官二十余年，草菅人命者，不知凡几！现在想退了休就悠游林泉，把过去做过的坏事一笔勾销，哪有这么容易！你说我是妖猫，跟你这个人面兽心的家伙相比，若论妖孽，谁个给人世间带来的祸患更重？！"

一家人听得目瞪口呆，老太公气得面红耳赤、直翻白眼！笔帖式一声呐喊，所有人"或挥古剑，或掷铜瓶、茗碗香炉，尽作攻击之具"，老猫却嘿嘿一笑道："我走喽，不跟你们这个快要破落的家庭争执。"说完冲出屋子，"缘树而逝，至此不复再至"。

一切都被老猫说中，"半年后，其家大疫……父母忧郁相继死。二年之内，诸昆弟、姊妹、妯娌、子侄、奴仆死者，几无孑遗。唯公子夫妇及一老仆暨一婢仅存"。

2．泄天机的猫

大家请看，《夜谭随录》中的这一则猫怪故事，毋庸置疑是一则对官场腐败的讽刺寓言。那时没有现在的反腐机制，贪官一旦退休就算洗白上岸，而百姓也只能靠着类似妖猫的诅咒，发泄发泄心中的怨气而已。

不过，关于猫开口说人话，《夜谭随录》不止提及一次，而且似乎会说话的猫也不止一只。

和邦额说自己有个朋友，"其一亲戚家，喜畜猫"。有一天，那人独自在屋子里读书，忽然听见室内有人轻声嘀咕了一句什么，他吓了一跳，连床底都翻了也没发现第二个人，这时他看到养的猫蹲在床头，神情似乎很紧张，他立刻明白了刚刚说话的就是这只猫，"大骇，缚而挞之，求其故"。那猫经不住"严刑拷打"，只好承认说："只要是猫，都会说人话，但是因为这样做是犯忌之举，所以每只猫都不敢说话罢了，今天我一不留神开了口，后悔莫及。"那人不信，又绑了一只小猫，"挞而求其语"。那小猫一开始只咪咪地哀叫，目光不住地瞥着前面那只"已经招供"的猫，前猫说："我已经承认了，你也别再藏着掖着了。"于是，小猫"亦作人言求免"，和邦额感慨："看来《太平广记》中记载的猫会说'莫如此，莫如此'，不是假的啊！"

在这里插一句，和邦额提到的《太平广记》中的记录，说的是徐州有个名叫王守贞的道士，不守清规，偷偷娶妻生子，平时也不在道观里居住，行为放荡粗鄙。有一次他去太满宫，偷了那里的法器带回家，"置于卧榻蓐席之下，覆以妇人之衣。亵黩尤甚"。不久，家里就开始怪事频仍，一会儿油灯自己行走，一会儿听见猫在说："莫如此，莫如此。"没过多久，两口子都病死了。

由此看来，猫突然说人话，不是什么好兆头，这一点在五代孙光宪所著笔记《北梦琐言》中也有记载：有一天，唐代军容使严遵美突然发了疯病，在屋子里手舞足蹈，无人敢近。家里人都又急又怕，不知道该怎么办才好，这时坐在旁边的一只猫和一只狗突然说起话来。猫先开了腔："军容一改常态啊。"狗说："不用管他。"过一会儿疯劲儿过去了，严遵美安静了下来。家里人告诉他一猫一狗的对谈。他若有所思，找个机会向皇帝辞官归隐，买了个草庐过恬淡的日子，"年过八十而终"，总算没有惹祸上身。

细细想来，无论"莫拿我"还是"莫如此"，发音都极其类似"喵呜"，所以，开口说话的猫，恐怕还是开口说话的人的演绎。

3．会唱戏的猫

不过，要说猫讲人话就一定是祸事，也未免以偏概全。

清代学者钱泳在《履园丛话》中记载：新城王阮亭先生家的猫"能作人言"，而且毫不遮掩。有人打趣地问那猫会不会说话，那猫居然懒洋洋地回复一句："能言，何关汝事！"而其家"子孙至今繁盛，旧第犹在"。江西某总戎署也有两只会说话的猫，无意中被人听到，活捉了一只，那猫求饶道："我活十二年，恐人惊怪，不敢言。公能恕我，即大德也。"捉猫的人于是将它放掉，"亦无他异"。

另外，清代学者乐钧在《耳食录》中也写过类似的事。"某公夜将寝，闻窗外偶语，潜起窥之。时星月如昼，阒不见人，乃其家猫与邻猫言耳。"那人捉住家里的猫要杀之，那猫不服，说你凭啥杀我？那人道："你是一只猫，偏偏说人话，势必妖异，岂能留你？"那猫说："天下的猫都能说话，又不是只我一个！"那人更加生气，大骂"果然是一只妖猫"，然后"引梃将击杀之"。这时那猫又说话了："假如我真的是一只有法术的猫，你能抓住我吗？假如我真的是一只有妖异的猫，你杀了我不怕我变成厉鬼报复你吗？何况我在你家里多年，只知道为你捕捉老鼠，有劳而杀之，不是让老鼠弹冠相庆吗？它们成群结队，咬烂你的书，撕坏你的衣服，吃光你的粮食，让你家里没有一件完好的家具，让你没有一刻可以安枕睡觉，那时到底兴妖作乱的是谁？是那些不会说话的老鼠，还是我这只会说话的猫？"那人听了觉得非常有道理，便放了它，让它继续捉老鼠去了。

跟这位辩论高手相比，《夜谭随录》中记载的一只猫则别有一种唯美的意境。在古代，有一位"护军参领舒某，喜咏歌，行立坐卧，罕不呜呜"。这天，他请一位好友来家里做客，两个人推杯换盏，欢饮于室，不知不觉已经到了夜半三更，"尚相与赓歌不辍"。就在这时，忽然听见一阵清脆的吟唱，如丝如缕地从窗外飘来，似乎是唱"敬德打朝"中的一段。此时庭院里万籁俱寂，月光如洗，"谛聆之，字音清楚合拍，妙不可言"。二人听得如痴如醉，朋友不禁称赞舒某何时请来此等名伶，舒某顿时发蒙，说家中只有一个书童，从来没有请过什么名伶啊。当他推开门一看，发现竟然是"一猫人立月中，既歌且舞"。舒某大惊，叫喊了一声，那只猫顿时蹿上了墙头，舒某捡起石头朝它扔去，猫"一跃而逝，而余音犹在墙外也"。

每次读到这则笔记，笔者都不禁感叹舒某到底还是一俗物，真正的戏迷，只管唱得好不好听，哪管唱戏者是人是妖，就像前面那只善辩论的猫所说的，"会说话"真的是很大的罪过吗？未必！相比之下，因言废猫和因言废人，往往才是祸事的起点！

六、《探清水河》中的大莲是自杀还是他杀？

笔者儿时读《林海雪原》，印象最深的除了"天王盖地虎，宝塔镇河妖"之外，就是杨子荣乔装打扮成土匪上山时唱的一首小曲"提起那宋老三，两口子卖大烟"。对于那时生活环境像纯净水一般的我们而言，偶尔能接触到一首"坏歌"简直太难得了——土匪所唱，又是"卖大烟"，当然是一首坏歌。但小说里就这么两句，其他内容无从了解，更不知道具体曲调是怎样的，笔者和小伙伴们就凭着想象给这两句词配了很多曲调，大约都是痞子腔，怎么难听怎么来。

事实证明，信息的闭塞必然会导致误读，上述理解很多都是错的。比如"宋老三"这个名字，比如曲调是痞子腔，比如这是一首"坏歌"等等。随着北京德云社演员张云雷以一首委婉动人的《探清水河》而爆红，这首清末小曲终于重新得到人们的喜爱，但笼罩其上的面纱却迄今无人揭开，网上对这首小曲的解读，大多并不比儿时的我们高明多少，甚至以讹传讹。百年过去，那些始终为我们所传唱的，却依旧不为我们所知晓。

1. 误读一："宋老三"其实不姓宋

《探清水河》属清末时调，目前比较"标准"的版本系上海图书馆所藏的坊刊巾箱本，封面标明"代五更""探清水河""戒之在色"等字样。

《探清水河》的曲词有很多版本，但大同小异。讲的都是家住京西蓝靛厂火器营的女孩大莲与本村青年小六相爱，他们幽会时被父母发现，遭到毒打，禁止他们再来往，大莲跳清水河自尽，小六去河边祭奠大莲后，随之跳河殉情的故事。

坊刊巾箱本的开头是这样写的："桃叶尖上尖，柳叶青满天，在其位的明公细听我来言。此事出在京西蓝靛厂，蓝靛厂火器营有个长青万字松老三。提起了松老三，两口子卖大烟，一辈子无儿，所生一个女婵娟，女儿年长一十六岁，起了个乳名荷花万字叫大莲。"

在这段开头，我们可以了解到很多信息，尤其值得注意的是两点：一是"蓝靛厂火器营"，另一个是"松老三"而不是"宋老三"。

乘坐北京地铁十号线会发现，在长春桥站和巴沟站之间就是"火器营"站。"火器营"本是清代禁旅八旗的特殊兵种，最初驻防在北京城内，由满、蒙八旗兵丁组成，是皇帝守卫扈从的精锐部队。营兵专职制造炮弹、枪药和各种火器，平时也操练弓箭、枪炮技术并担任警戒任务。最初，八旗兵分驻城内四方，每旗都配有一部分火器营兵，但操练起来十分不便。至乾隆年间，便索性将火器营兵成建制地调到北京西郊蓝靛厂一带。据史料记载，初建营时，共抽调满、蒙兵丁四千七百余人，连同家属一万多人。

有清一代，火器营与圆明园护军营、香山健锐营并称京西拱卫京师的三大旗营，其中尤以火器营的形制最为典型。营区内街巷横平竖直，呈棋盘状，建房七千余间，水井十六口，每条小胡同驻五至八户不等。兵丁按人口分配住房，住房青砖盖瓦，平房朝阳，方砖铺地，院墙用北京西山特产的虎皮石砌成。营区内引入清水河河水，每条胡同临大街口都有小石桥，下雨时常有大量鱼群逆流涌入大街小渠。大街两侧种植槐树，各家前后院种有红枣、杜梨、花椒、葡萄什么的，并有养鱼、鸟、猫、犬之风。可以说，整个火器营既是坚固的兵营，也是舒适的民居。

清末，尤其是咸丰同治以后，随着国势的衰弱，火器营不复从前的情景。北京童谣有云："火器营，练兵队，打前敌，往后退，踩狗屎，臭妹妹。"可见其腐化疲敝。同时，旗人的生计也不断恶化。那时，营房内部房屋倒塌、变卖家当、入室盗窃等事件时有发生，当然为害最大的还是鸦片。而且，旗营内吸食鸦片烟的情况非常严重。一次，神机营在顺治门外校场口会操，附近胡同口均用帐幔遮掩，每操练一回合，兵丁就纷纷步入帐幔，有好事者绕道窥视，只见"满地排列鸦片烟具，各兵丁拼命呼吸"。《北平风俗类徵》里收录的一首名为《鸦片烟大爷做阔》的小曲讲得更是详细："鸦片烟必得吃……虽然是下不得钱粮，筒儿里塞着下一支烛，拈子一盘比火绳细，点着了活像是要勾机子。还有些零零碎碎的铁兵器，斧钺钩叉队伍齐，打仗出兵无处使，军营里不用小东西，开了灯喜笑颜开都得意，躺下吃是老规矩……入了瘾没法子可治，妙药难医。"

有抽的，自然就有卖的。那时的烟馆分成三种：苦力烟馆、豪华烟馆和街区烟馆。据回忆者提供的情况来看，松老三两口子开的应该是街区烟馆。这类烟馆为普通民众"量身定做"，多开在普通民居内，规模小，内饰不奢华，除了烟具之外，还有报纸、点心什么的，更像是"烟民街道活动中心"。

由于旗营内严禁汉人定居，所以基本上可以确定"松老三"乃是旗人，另外一个佐证是他的姓氏。虽然姓"松"的汉人也有，但是晚清的北京，此姓氏者以旗人更为多见，大多由汉化改姓而来，比如《茶馆》中的"松二爷"即是。而《林海雪原》乃至今天的很多文章将"松老三"

写成"宋老三"，纯粹是传播中的以讹传讹。

2. 误读二："探清水河"并非"坏歌"

今天的一些人一听"清末小曲"四个字，脸上往往就浮现出坏笑，以为势必是淫邪的小调，这真是天大的误会。说到底，小曲无非就是市民阶层传唱的一种"民歌"，其中固然存在着一些色情的内容，也是极个别现象，而且用词点到为止，绝不需要"此处删去××字"。这里举《嫖客十开心》为例，其中前面九段渲染嫖客到妓院冶游的九种乐趣，最"黄色"的其实只是一句"夜晚一同入罗帏，红绫被内结因缘"。再比如大名鼎鼎的《十八摸》，这个版本在流传的过程中不断变异，但就算是"原版"中"秽亵不堪入耳"的曲词，也不过是一些引人浮想联翩的形容词，出笼馒头大花面之类的，不知比现在个别满嘴脏话带性器官的"嘻哈"高雅多少。从整体来看，小曲无论在艺术水准还是对现实生活的反映上，都具有极高的价值。

而《探清水河》简直称得上是"免淘曲"，此曲是用"无锡景调"叠唱十五遍。整个曲词，前面部分表现了大莲对父母贩卖大烟延误了自己终身大事的愤恨与惆怅；中间部分描述了"六哥哥"与她偷情的经过，其中比较"难唱出口"的是"四更鼓儿忙"——"大莲的舌头尖舔在六儿上（牙）膛，亲人宝贝抱着你来睡"；接下来"五更天"就是松老三两口撞破女儿情事，痛骂她"无耻的丫头败坏我门庭"，皮鞭沾水一顿毒打，逼得大莲投河自尽；然后六儿殉情，"痴情的女子那多情的汉，编成了小曲儿来探清水河"……

读者看到这里可能目瞪口呆，不过一个电视剧里司空见惯的"接吻"

场面，怎么竟导致《探清水河》在很多人的概念中成了"淫词小曲"呢？这里的原因非常复杂。一来是清末民初，封建礼教的约束力依然很大，对语言文字"涉黄"的认定标准比较严苛。二来是这首曲曾经被归入"窑调"，殊不知那年月很多流行时调都是从风月场所中唱出的，妓女们唱的未必就是"坏歌"，就像误入风尘的女子绝不能跟"坏人"画等号。

何况，《探清水河》的传播，最主要还是靠的民间艺人。尤其在高梁河两岸，这首歌的"传唱率"非常高，这是因为"清水河"本就是高梁河沿岸尤其是蓝靛厂一带的居民对高梁河的昵称，当地人以当地歌咏当地事，从来都别具一番滋味。民俗学者、作家张国庆先生在《老北京忆往》一书中写道："在新中国成立前和成立的初期，我不止一次在邻居家的堂会和街上听到过卖唱的女盲艺人唱这首歌，而且大多是听主儿点的曲目。最后一次，是1954年暑假期间，一天晚饭后在新开辟的展览馆路（今展览路）边上纳凉时听沿街卖唱的女盲艺人唱的。"

可能也正是旧日的情愫，让张国庆先生对此曲一直念念不忘，他想搞清楚《探清水河》这一故事是真实发生的还是纯粹虚构的，便到祖居蓝靛厂西门外北上坡的堂伯父家打听。这一打听可不得了，原来，堂伯父的父亲与松大莲和佟六儿（即小六）恰是同一时代的人，而且比他们还大几岁，所以对此事的来龙去脉颇为了解，也正是从堂伯父的口中，张国庆先生听到了一个令人震惊的事实：与《探清水河》中的投河自尽不同，松大莲其实是被谋杀的。

3．误读三：松大莲未必是自杀

堂伯父告诉张国庆先生，此事发生在清朝末年。当时蓝靛厂火器营里有个戈儿答（疑似"嘎仑达"，旗营的最高长官，也叫翼长），看上了开大烟馆的松老三的女儿松大莲，而松大莲已经有了意中人，名叫佟六儿，是个给别人拉骆驼运煤卖力气的小伙子。趁爹妈没在家的时候，这对恋人就吃了禁果。戈儿答得知此事，十分恼怒，就找到了松老三的小舅子——一个不务正业的混混儿，合谋找个事由儿把佟六儿抓起来。谁知这位小舅子酒后失言，把这事儿说了出来，松大莲得到消息，连夜找佟六儿一起逃跑，却被早有准备的松老三抓住了。最后，佟六儿只身逃出了火器营。

松老三得知女儿不仅私奔，还已经怀有身孕，不禁暴跳如雷，将她一顿暴打。小舅子给松老三出主意，让大莲堕胎后嫁给戈儿答，但大莲宁死不从。戈儿答听说这一切之后，妒火中烧，威逼着小舅子弄死大莲以解心头之恨，考虑到还要在旗营里混下去，小舅子便只能狠下心来弄死大莲。

这一天，小舅子劝已经显怀的大莲到外面散散心。当走到长春桥上时，一把将大莲推翻过了桥栏，随着一声惨叫，大莲掉下河去被激流冲走。

不久，在外面避祸的佟六儿闻讯奔回火器营。他终日挎着装有纸钱儿、烧酒等祭品的篮子，沿着河岸一声接一声地呼唤着大莲的名字，不时烧张纸钱儿，往河里洒点儿酒。后来，河边上也不见了佟六儿的身影。

这件事情被民间艺人编成唱词，配上小曲传唱，北京城东打磨厂有家印书局还专门石印出版了《探清水河》的唱本。结果影响越来越大，令松老三等相关人等恼羞成怒，他们与印书局打起了官司，要印书局赔礼赔钱毁版收书，但即便如此也没能遏制住《探清水河》成为当时的"流行歌曲"。

上述纪事来自张国庆先生对其堂伯父的采访。从这段纪事来看，松大莲是被其舅舅所谋杀。但是与此同时，也有其他的口述历史访问者寻找到了另外的一种说法。比如1985年北京市民族古籍整理出版规划小组办公室编的《满族文史资料》中，有经历过清末民初的赵之平老先生的回忆，其中一节名为"大莲愤跳清水河的悲剧"。由于条件所限，笔者没有读到这篇文章，但从题目上不难看出，赵之平先生是认可大莲自杀说的。

毕竟是100多年前的往事，"真相"恐怕已经被历史的尘埃封掩，不过就像很多传说与真实杂糅过的史事一样，我们需要的未必是高清还原，那种模模糊糊、朦朦胧胧的光影叠错，更能激发我们的遐想与感喟。仅仅用一把吉他伴奏，张云雷吟唱的《探清水河》让很多听众泪眼婆娑，这就足够了……无论帝都回响过多少黄钟大吕，最感人的依然是吟诵普通百姓的小曲时调；无论时代发生了多少沧桑巨变，我们依然渴望并珍惜那种至死不渝的爱。

第四章　大内：皇宫里的丑闻、趣闻与异闻

一、壬寅宫变：十六个少女的杀人计划

明嘉靖二十一年（1542 年）十月二十一日。

深夜，紫禁城内秋风瑟瑟，白玉阶上寒霜冷冷。

寝宫的宫墙下，十几个人影铁一般地凝固着，静静地等待着宫内灯火熄灭的一刻。

"哒哒，哒哒哒。"

格子窗传来轻轻的叩击声。

这是事先约好的信号。

那十几个人影仿佛被解除了定身诀一般，瞬间活动起来，排着队向寝宫内走去。窸窸窣窣的脚步声虽然轻微，但在这万籁俱寂的深夜，听起来却有一种无法言喻的惊心动魄。

明朝历史上犯罪级别"最高"的一起谋杀案即将发生，十六名凶手要杀的人只有一个——嘉靖皇帝朱厚熜。

是谓"壬寅宫变"。

1. 宫人死亡率高达 20%

刺杀皇帝，无论如何都是件非常严重的事情，但是"壬寅宫变"在《明史》中的记载很是简单："冬十月丁酉，宫人谋逆伏诛，诛端妃曹氏、宁嫔王氏于市。"无头无尾，轻描淡写。如果不是明朝文学家沈德符在著名笔记《万历野获编》中有比较详细的记述，只怕又要变成类似"斧声烛影"之类的千古谜案了。

　　一般来说，凶杀案的犯罪人数与暴露概率成正比：参与犯罪的人越多，暴露的概率也就越大。这个很容易理解，人多口杂，人心不齐。主犯守口如瓶，从犯是个话痨，主犯豁出去殊死一搏，从犯总想着捞一笔就溜之大吉，最终肯定会被司法人员撬出个缺口。而整整十六个人，确切地说是十六个年轻的女孩，谋划杀害一个人，这个人还是在封建社会具有至高无上威严的皇帝，在行动前竟没有丝毫的暴露——这到底是因为什么？

　　众所周知，嘉靖皇帝朱厚熜是中国历史上最著名的"宅男"。他曾几十年不上朝，任由朝政糜烂、官员腐败，自己天天只知道蹲在屋子里修设斋醮，吃各种私家保健品——仙丹，希望延年益寿，长生不老。

　　仙丹这种东西，大家只要记住四个词就可以了解其真实成分：汞、丹砂、秋石和红铅。

　　汞就是水银，丹砂就是朱砂又称硫化汞，秋石是用童男的尿去其头尾（就是接中间那段尿液）熬炼成的精盐一类的结晶体，红铅则是用童女初潮的月经血熬炼成的辰砂状物体。

　　如果搁到现在，都不用把这四个宝贝凑齐了，我随便拿出一种给人吃，都会被立刻放倒揍扁并骂之以"死变态"。但是，朱厚熜就天天服用这些玩意儿，并乐此不疲。其中的奥秘就是炼丹术士们还会掺入参茸、麝香、附子诸种热性草药，熬制成砷类化合物。朱厚熜服用之后会兴奋神经末梢，全身燥热，引发性冲动。"名曰长生，不过供秘戏耳"。

　　谁最遭殃？宫女。

　　嘉靖一朝，宫女数量达到上千人，绝大部分都是官府强行抢掠来的民间女孩。这些少女一入宫门就和外界失去了联系，"无生人乐，饮食起居，皆不得自如，如幽系然"。不仅如此，她们还要忍受各种可怕的折磨。

《明宫词》中记述："世宗性卞，待宫人多不测，宫人惧。"世宗是朱厚熜的庙号，"卞"字做狂躁解。意思是这人精神不稳定，没事就抽风，搞得宫里人人自危。《李朝中宗实录》更有记载："若有微过，（朱厚熜）辄加箠楚，因此殒命者多至二百人。"如果考虑到整个皇宫的宫女才千人，死亡率竟高达 20%，而且死者并没有什么罪过，只是一些女孩子们在服侍中的无心之失，竟被拷打致死，实在是令人闻之垂泪。

2．一个死扣导致功败垂成

杨金英忍无可忍。

杨金英是端妃曹氏的侍女，性情刚烈。曹氏容貌端庄秀丽，能歌善舞，是朱厚熜的宠妃。但是朱厚熜一旦抽风，她也难免遭殃，而杨金英更是多次代替曹氏受到责罚，心中的痛苦和愤恨无法压抑，她领头串联了身边的姐妹们，一共十六个宫女，决心跟朱厚熜拼个鱼死网破。

历史学家胡凡在《嘉靖传》中指出，杨金英是有"内应"的，这个内应就是宁嫔王氏。那王氏则因为长期受朱厚熜冷落和责罚，因此也对其怀恨在心。她参与了杨金英等人的密谋，并议定：在朱厚熜临幸端妃的寝宫时动手。

十月二十一日，朱厚熜吃了仙丹，跑到端妃的寝宫要求临幸，还把宁嫔给叫来一起侍寝，这可就成了"死催的"。宁嫔跟杨金英约定，朱厚熜睡下后，由她想办法支开曹氏和贴身宦官，然后敲击格子窗为号，展开刺杀行动，于是就出现了我们开头的那一幕。

杨金英领宫女们带着已经准备好的黄花绳和黄绫布，埋伏在寝宫附近。当得到宁嫔发来的暗号后，立刻鱼贯进宫。《万历野获编》的"宫婢肆逆"篇，对事件的记载非常生动："用绳系上喉，翻布塞上口，以数人踞上腹绞之。"宫女们用黄花绳勒住朱厚熜的脖子，朱厚熜从睡梦中惊醒，刚要呼救，一块黄绫布堵住了他的嘴巴，有的宫女干脆坐在朱厚熜的肚子上勒紧绳索，眼看着这个残暴的君主"已垂绝矣"。

谁知事情发生了令人无法想见的变化。

"诸婢不谙绾结之法，绳股缓不收。"由于宫女们不知道正确的打结方法，混乱中你一缠我一绞的，打成了一个死扣，勒到一定地步，竟怎么也无法收缩绳结了。就在大家慌乱无措的时候，"户外闻咯咯声"。

来人是皇后方氏。当晚她正在坤宁宫休息，忽然接到急报，有人想要行刺皇帝，方皇后立刻带人冲了过来。

告密者名叫张金莲，也是杨金英率领的"少女刺杀组"成员之一，就在她们进宫行刺的一刻，走在队伍最后面的她突然害怕了，便跑到皇后那里检举揭发。

《万历野获编》记述："皇后率众入解之，立缚诸行弑者赴法，时上乍苏，未省人事，一时处分，尽出孝烈（方皇后谥号），其中不无平日所憎乘机乱入者。"这里主要指的是端妃曹氏。曹氏并没有参与杨金英和宁嫔的密谋，完全是一个不知情的人，但是由于她一直受到朱厚熜的宠爱，方皇后看在眼里气在心上，这一次端妃的寝宫成了"犯罪现场"，正好加以利用，一并除之。

趁着朱厚熜还在不省人事中，皇后代替他拟了一道圣旨："这群逆宫婢杨金英等并王氏，各朋合谋弑朕于卧所，凶恶悖乱，好生悖逆天道，死有余辜，你们既已打问明白，不分首从，便都拿去依律凌迟处死，锉尸枭首！"

第二天，杨金英和她的姊妹们，"宫婢犯人一十六名"在西安门外四牌坊的西市被残忍地杀害。与此同时，在宫中，端妃曹氏和宁嫔也被秘密处死，"行刑之时，大雾弥漫，昼夜不解者凡三四日，时谓有冤，盖指曹妃诸人"。

十六名遇害宫女的名单中，也包含那个告密的张金莲，处死她的原因是"盖先同谋，事露始告"。

3．姥姥坟的哭声

眼下的问题，就是一直昏迷不醒的朱厚熜还有没有得救。

御医会诊的结果是面面相觑，谁也不知道该怎样做，确切地说是谁也不敢担负责任。万一开了方子，一剂药下去，皇帝咽了气，这到底算是杨金英她们杀的还是太医院杀的？在方皇后的一再催促之下，大家推举出工部尚书衔掌太医院事的许绅来为皇帝诊脉开药。

曾经在嘉靖年间出任刑部尚书一职的郑晓，在《今言》一书中记载了朱厚熜获救的经过："（许绅）用桃仁、红花、大黄，诸下血药，辰时（上午七至九点）进之。未时（下午一至三点）上忽作声，起去紫血数升，申时（下午三至五点）遂能言，又三四剂，平气活血，圣躬遂安。"

仅仅不到十个小时的时间，令许绅一下子老了十年。回到家他摘下官帽，头发竟白了一片。皇帝救活了，他自己却搭了一条命进去，转过年他就一病不起，对家人说自己是救治朱厚熜时紧张过度，"自分不效必杀身，因此惊悸，非药石所能疗也"。不久就去世了。

朱厚熜获救后，对皇宫产生出了巨大的恐惧。杨金英是处死了，但剩下那些宫女呢，谁知道她们中哪个在谋划下一轮的弑君？每一想到这里，朱厚熜就惊恐万状，甚至睡觉时都不敢合眼，生怕自己在梦里又被谁勒住了脖子。于是他决定搬到西苑去，住进了明成祖朱棣曾经住过的永寿宫，并将其改名为万寿宫。此后近25年的时间，他就在这里天天朝真拜斗、诵经炼丹，以躲避挥之不去的恐惧感。

从本质上讲，杨金英和她的姊妹们发动的"壬寅宫变"，是一次地地道道的抗暴行为。虽然史书上每提及此事就是"谋逆""弑君"，但是封建皇家豢养的史官们无论怎样漫骂和攻击，也掩盖不了这样一个事实：杨金英们所要谋杀的，是一个已经肆意残杀了二百多个无辜宫人的人渣，她们发起的只是避免自己成为下一个受害者的自救行动，纵使失败了，也至少能让这个世界知道，她们不是坐以待毙的懦夫。

"京城西便门外二十里诸葛庄南，土人名姥姥坟，乃明朝葬宫人处也。"

姥姥坟。这个一听上去就令人感到辛酸的名字，似乎是大地给世间受尽苦难的女孩子们最后一点温暖怀抱的地方。清朝著名学者刘廷玑在他的笔记《在园杂志》中这样描述说："(姥姥坟)冢固累累，碑亦林立……每于风雨之夜，或现形，或作声，幽魂不散。"我相信那不散的幽魂中，一定有杨金英和她的姊妹们，纵使到了阴间也在寻找着朱厚熜，给他的脖子上重新勒上一根没有死结的绞索。

二、癸酉之变：都是闰八月惹的祸

如果我没有记错，以"癸酉之变"为历史背景拍摄的电影，貌似只有一部《武状元苏乞儿》，而且还是周星驰主演的喜剧片，这就有点不大合适了。因为无论从哪个角度讲，"癸酉之变"都是中国历史上惊天动地的大事件，实乃"汉、唐、宋、明未有之事"。仅仅二百多名没有受过正规军事训练的贫民，差点儿把紫禁城给端了，说出来简直不可思议，而更加鲜为人知的是，这是一次闰八月惹出来的祸。

1．昭梿：一盘没有下完的棋

清仁宗嘉庆十八年农历九月十五日（1813年10月8日），一个普普通通、风和日丽的秋日，礼亲王昭梿在《啸亭杂录》中回忆：他睡醒了午觉，忽然起了雅兴，泡一壶茶、熏一炷香，跟书童下起了围棋，正在输赢的关头，一个家丁匆匆忙忙从外面跑进了书房："王爷，大事不好，刚刚闻知，城里出大事了！"

此时，嘉庆帝正在木兰围场秋狩，昭梿以为这不过是城里什么地方失火之类的，还有些漫不经心。但家丁接下来一句话，差点把他吓瘫了："贼人打进禁城了！"

所谓禁城，就是皇宫，帝国的心脏。从古至今，不管起义军还是乱兵，得经过多少年、迈过多少坎、死过多少人才能攻进去，成功者屈指可数。整个明朝276年，除了朱棣打着"靖难"的旗号在南京干成的一票，大概就是后来李自成的胜利，中间有一次夺门之变，还是兄弟争帝位，不能算数。眼下这青天白日、太平盛世的，怎么会有贼人打进禁城呢？！

昭梿冲出屋子，上马就往禁城狂奔，"时诸王大臣闻变，皆由神武门入"，转瞬间昭梿也来到了神武门，这里已经乱成一团，"庄亲王绵课、贝子奕绍亦先后趋至，闻贼已聚攻隆宗门"，大家赶紧跑到城隍庙，发现聚集在这里的官兵连一百人都不到，这帮平日里锦衣玉食的王爷贝子们登时慌了手脚。

这时，只听养心殿一带传来枪声和喊杀声，没想到这么快贼人已经攻入大内。一时"众错愕无策"。关键时刻，执掌火器营的镇国公奕灏站了出来说："火器营官兵为了准备征讨滑县发生的暴乱，现在都聚集在箭亭（位于紫禁城东部景运门外、奉先殿以南的开阔平地上），我马上去把他们都叫过来应对这边的局势。"昭梿说："你赶紧去！"奕灏"乃骋骑去"。

这时，成亲王永瑆来了。成亲王喝了点儿酒，壮着胆子。他把帽子一摘，光着头大喊："何等草寇，敢猖獗乃尔！贼在何处，俟吾手击之！"虽然咋咋呼呼了一点儿，但是在这乱哄哄的局面中，竟让大家生出了几分勇气。没多久，奕灏率领上千名火器营官兵来了，这是清军的精锐之师，"鱼贯横枪，意甚踊跃"，庄亲王也招来了王爷府的上百位家丁，以及数十位矛手，跟着火器营一起，从西城根进入禁宫，昭梿负责殿后，鼓励那些落伍的官兵奋勇向前。

正规军一到，二百名没有任何军事经验的谋反者毫无抵挡之力，几乎是瞬间就被打垮了，但是双方交火的地点还是让人出了一身的冷汗。竟在慈宁宫的伙房！"庄亲王首射一贼，应弦而倒，官兵复枪伤数人，贼遂披靡"。庄亲王跟奕灏奋起直追，一直追到隆宗门，看见"贼人"们正把值宿太监们的被子放在屋檐下，准备放火，庄亲王赶紧发动进攻，"擒获数贼，其余皆由南遁去"。

随着谋反者像被推土机推着赶出了禁城，大家总算松了一口气，并与一开始就同"贼人"接战的护军们会师。直到这时，他们才知道了一个不仅在当时也令后世瞠目结舌的消息：以无比的沉着和勇敢，亲自参战，率领护军抵抗住谋反者对大内进攻的，竟是皇次子旻宁，也就是后来的道光皇帝。

2．旻宁：一杆保住大清的枪

老电影《林则徐》中有这样一幕，道光皇帝正听戏的时候，琦善来报，英国人打到天津了。道光皇帝马上要求琦善取代林则徐跟洋人打交道，然后对着那帮打扮得花枝招展的演员们说："怎么不唱了？"把一个国难当头、只知享乐的昏君嘴脸刻画得活灵活现。

就说艺术夸张吧，这夸张得也有点太离谱了，且不说道光皇帝不是个心这么大的人，何况他压根就不喜欢听戏。据说他儿子咸丰帝继位后，咸丰是个戏迷，让把宫里的戏服找出来，结果发现因为多年不用，都碎成了一堆破布片子。真实的道光皇帝，不仅勤俭节约，而且勤政爱民，算是中国历史上为数不多的有德之君，而他在"癸酉之变"中的表现，更是可圈可点。

事变发生的时间是在中午，一群人由东华门进入禁城，恰好有一批卖煤的人路过，两群人在狭窄的过道上发生了"抢道"。撕扯中，前面那一伙子人突然从衣服下面露出了兵刃！守卫们大惊失色，想关城门已经来不及了，"贼喧然出刃"，涌进了内城。有个名叫宝兴的人在上书房值班，刚刚下班，"适遇贼舞刀入，白光灿然"。这时他撒腿就跑，谋反者在后面紧追不舍，恰好护军统领杨述曾赶来，"率数护军御之，杀数贼于协和门下，而官兵受伤者亦多"，这才让宝兴有机会跑进了景运门报信。

皇次子旻宁得到消息的一刻，表现得从容镇定，一方面"严命禁城四门，促官兵入捕贼"，另一方面让侍卫把自己的鸟枪拿来。刚刚布置停当，谋反者已经翻墙进入养心殿。旻宁不但没有逃跑，反而"立养心殿阶下，以鸟枪击毙二贼"。官兵的士气顿时大振，展开全面的反击，很快将谋反者赶出了养心殿。

然而战斗远没有结束，谋反者这时由马道登上城，以白布裹首，"呼号于雉堞间"，并从腰里拿出很多面白旗摇展，上面不是写着"大明天顺"，就是"顺天保民"。清军好不容易把他们打败了，他们又"如鸟兽散"，这时已是傍晚，有的大臣以"天已昏黑"为借口，不想继续追击了，昭梿急了，如果今晚不一鼓作气将谋反者抓捕干净，天知道他们会藏到哪里，恐欲再寻而不得了！于是他大喊："今天晚上是十五，有月光照耀，大家绝不可半途而废！"

就在这时，更糟糕的消息传来，奕灏在东华门的马道上捉住了一个神色匆忙的人，有士兵指出曾经看到这个人跟谋反者在一起，而奕灏认出了他——太监张泰，"始知有内监通贼状"。

审讯结果表明，"内监通贼"的还不止张泰一人，昭梿顿时感到不寒而栗。的确，在目前这样一种前途未卜的形势下，没有什么比敌我难分更加可怕的了。他和庄王哪里敢有一刻放松，更加抓紧搜查，"至五

更，月色皎洁如昼，余与庆公命岳祥率数十兵上城巡眺，庆公又命长枪
手数十拒守西华门洞，终夜间寒风凛然……闻大城内柝声丛杂，竟夜
不绝”。

天刚蒙蒙亮，可是“乌云自西北起，霹雳恚然，俄而大雨如注”。
突然有人来报，已经探知，大量的贼人这一夜都躲藏在五凤楼上（午门
中为正楼，两侧各有两座阙阁，共五座楼阁，形如凤翅，俗称“五凤
楼”）。昭梿马上命令军士们对准五凤楼火枪齐发，但雨太大了，“火
绳俱灭”；而谋反者也想纵火烧毁五凤楼，在混乱中突围，谁知也在暴
雨中点不着火，双方这么僵持着，最终清军冲到楼上，将残余的叛乱者
捕获，取得了最后的胜利。

3．林清：一个相信“劫数”的人

按照《郎潜纪闻二笔》所记，嘉庆皇帝得知“癸酉之变”发生，是
在九月十六日，也就是事件发生的第二天。当时嘉庆帝住在白涧行宫，
接到了仪亲王永璇、成亲王永瑆的八百里加急驰奏，“猝闻禁城盗警，
扈跸诸臣，多错愕不知所计”，多亏大学士董诰镇定果断，他认为这顶
多是一场“滋乱”，没什么了不起的。接着，嘉庆帝这才带着文武百官
回了京，果不其然，这时暴乱已经被平息，而为首者林清也于十七日在
黄村被捕。

经过一番审讯，被捕者的招供不禁令让嘉庆帝目瞪口呆，谋反者起
事的导火索竟是当年的“闰八月”。

林清是大兴县宋家庄人，早年在药肆当过学徒，后来患上梅毒，被
店主逐出。不久，他寻了新差事在黄村衙门当了个书吏，不知什么原因

又丢了差事。嘉庆十一年（1806年），他加入了一个名叫荣华会的邪教组织，后来又成为教首，很快荣华会又改名为天理教，"因教徒日增，遂萌聚众反清之志"，还特别结交了一些宫廷内监，准备一举拿下紫禁城。他特别迷信天理教"宝卷"中的一句谶语："八月中秋，中秋八月，黄花落地。"认为其中的意思是赶上闰八月可以起事，他翻了一下嘉庆即位时颁行的《（嘉庆）御定万年书》中预推的历日，决定于十八年的闰八月十五日（即九月十五日）举事。

嘉庆十六年（1811年）的八月，有彗星见于紫微垣，这在星占学上主兵象。紫微垣代表皇帝，彗星入紫微垣，就是所谓的"彗孛紫微，天下易主"。林清等人高兴极了，觉得这是天理教上应天象的明证，抓紧了起事的准备，谁知转过年来的十月初一日，清廷颁下翌年的《时宪书》后，教众们发现嘉庆十八年竟然没有闰八月！林清等人当时就蒙了，本来计划好的踢球，临门一脚才发现球门被撤了，这开的什么玩笑？

教众们正一头雾水，林清却高兴起来，他认为这是清廷为了破掉宝卷中那句"八月中秋，中秋八月，黄花落地"的谶语，专门采取的措施，既然你如此心虚，我更要践行天意！九月十五日起事，雷打不动！

如果清廷知道林清如此自作多情，估计肚皮都要笑破了。

这里给读者解释一下《万年书》和《时宪书》的区别，《万年书》是新帝继位时颁布的，把继位之后200年内的月尽大小、朔日干支、置闰月份以及节气时刻等昭告天下，《时宪书》则是当年的日历，在前一两年由钦天监制作。举个不恰当的例子：《万年书》是未来十五天天气预报，而《时宪书》是每天早晨对当天的天气预报，后者当然要准确得多，而且对前者存在着校正。据历史学家张瑞龙、黄一农在《天理教起义与闰八月不祥之说析探》一文之中的考据，嘉庆十六年四月，钦天监官员推算编制十八年的《时宪书》时，发现此前颁行的嘉庆《万年书》于十八年八月置闰，这样的结果，十八年的冬至就会落在十月三十日，而非通常应在的十一月。而当时清廷每年所举行的郊祀大典，惯例都在十一月的冬至日举行。"如果《时宪书》亦按《万年书》于是年八月置闰，则将使清廷极为重视的这一'大祀'，不能在惯例时间举行。不但如此，它还将使各月中气与历法月序不合的情形连续数月发生。因而监臣称此状况为'向来所未有'，奏请十八年不置闰，将稍晚亦无中气的十九年三月，改为闰二月。"并最终得到了嘉庆帝的批准。

您明白了吗？人家清廷之所以更改《时宪书》中的闰八月，跟那句谶语一毛钱关系都没有。过去的一些书认为"癸酉之变"是一场"起义"，不过，林清在受审时谈及起事动机时却是这样说的："我辈经上有之，我欲使同辈突入禁门杀害官兵，以应劫数。"事实证明，林清的所作所为没有应了大清的劫数，却迎来了自己的劫数……君莫笑，直到今天还相信羊年出生命不好的、"无春年"不宜结婚的、正月剃头死舅舅的，未必比一个笃信"闰八月"会动刀兵的人更高明。

三、明英宗废除"人殉"的前前后后

先给您出个题目，当您看到下面这些不同作者在不同笔记中，对同一位帝王发自内心的评价："仁泽远且大矣"，"不世出之明君哉"，"深仁厚泽、超前绝后矣"，您会想到谁？

相信屈指可数：汉文帝、汉宣帝、前秦世祖苻坚、唐太宗、宋太祖、宋仁宗、康熙……毕竟封建专制盛产暴君和昏君，出一个明君或仁君比中彩票的概率还低，但是我要告诉您的是，开头所述的那些称颂并不是给这些帝王，而是赞美一位似乎在我们心中"不咋地"的皇帝。

这个人就是因为宠信太监王振，御驾亲征，导致"土木堡之变"，自己也被俘，后来在"夺门之变"中复辟为帝，旋即杀害民族英雄于谦的明英宗。他一辈子干了无数的糊涂事、荒唐事，但却因为临终前的一个举措，从而使自己获得了千古美名，那就是——废除"人殉"。

1. 秦始皇殉葬者"不下数万人"

"人殉"，顾名思义，就是用活人殉葬，死亡的达官贵人、统治者渴望在另一个世界里继续过着有人伺候和奉养的好日子，于是便把生前供他们役使的奴仆、嫔妃、婢女甚至将领杀掉，陪自己一同埋进地下。这无疑是一种残忍之至、邪恶至极的做法。虽然考古证明，早在母系氏族社会就出现了这一现象，但第一个以此臭名昭著的是秦武公。清末刘声木所撰笔记《苌楚斋随笔》里提到："以人殉葬，始于秦武公，当时死者六十六人，至秦穆公，遂用至一百七十七人，而子车氏三人在焉。"《左传》详细记载："秦伯任好卒，以子车氏三奄息、仲行、针虎为殉，皆秦之良也，国人哀之，为之赋《黄鸟》。"奄息、仲行、针虎是秦国有名的贤良，杀此三人殉葬，等于自毁干城，秦国人作《黄鸟》一诗表达对人殉制度的愤怒。

　　《苌楚斋随笔》继续说道："至秦始皇，则凡后宫无子者，皆令从死。"负责建造坟墓的工匠，尤其那些制造防止盗墓的机关的工匠们，在秦始皇陵落成的那一天也被悉数赶进坟墓内活埋。据记载，"当时死者，当不下数万人，暴秦之虐，不特始作俑者，皆为苛政，且愈用愈多，杀人如蝼蚁，可谓酷也！历代人君相沿，用之千余年"。

　　在千余年的时间里，不知道有多少无辜的人被当做陪葬品，跟那些帝王将相一起埋进了地下。不过总体看来，随着历史的进步，人殉一点点被"简化"。尤其宋代，随着儒学的兴盛，"人殉"这么不"仁义"的事儿，哪个皇帝也不愿意摊上千古骂名，所以极其罕见，即使有，陪葬者的数量也大幅减少。

　　但到明太祖朱元璋，这一恶行又死灰复燃，"太祖崩，宫人多从死者"。明代学者王世贞在笔记《弇山堂别集》中记录，由于死者太多，且其后又发生"靖难之役"，国家陷入一团混乱。以致朱棣打下南京夺取政权后，有人提出加封这些宫人的亲属，都很难一一核对名单："独有所谓张凤、李衡、赵福、张璧、汪宾者，初以锦衣卫所试百户，散骑带刀舍人，进为本所千户百户。"永乐初年，朝廷商议对建文帝时期升授的官员该怎么办时，提到这几个千户百户，朱棣"开恩"说："这几家都是好职事，不动。通调孝陵卫带俸世袭。"后来人们一直管这几户人家叫"天女户"。

我们知道，其实朱棣的残暴程度不亚其父，在人殉这件事情上也深得继承。据《李朝实录》所记："帝之崩，宫人殉葬者三十余人。当死之日，皆饷于庭，饷撤，俱引升堂，哭声震殿阁。堂上置大小床，使立其上，挂绳圈于其上，以头纳入其中，遂去其床，皆雉经而死。"三十多人中有两个是韩国女子，其中一人向她的乳母道别喊道："娘，吾去！娘，吾去！"惨绝人寰的哭声催人泪下。

其后的仁宗和宣宗，死后也都采用了人殉，虽然陪葬的人数大为减少，但残暴程度却一般无二。明宣宗死后，被逼殉葬的妃嫔和宫女们的哭声，深深震撼了时年只有七岁的少年朱祁镇的心，这成为他一生挥之不去的噩梦，他就是随即继位的明英宗。

2．明英宗为护皇后废"人殉"

说起明英宗废除"人殉"，一个很少被正史提及的原因是：他其实是为了保护自己的妻子钱皇后。

明英宗大概是中国历史上最复杂的皇帝之一。从本质上看，他不失为一个好人。如果把人分成主动型和被动型两种人格，那么明英宗一定是后者，他就像张无忌一样，永远被环境和别人左右着行为，其中当然也包括土木堡之变。

土木堡之变发生后，满朝文武大致可以分成三种，一种是惊慌失措，一种是想着在拥立朱祁钰的过程中官升三级，还有一种是想着保卫国家。几乎没有人想到被俘的朱祁镇，除了他的结发妻子钱皇后。这个十六岁就嫁给朱祁镇的女人，为了营救丈夫，把自己所有的财产拿了出来，由于没日没夜地哭泣和跪地祈祷丈夫平安，她一只眼睛瞎了，一条腿也残疾了。等到丈夫被赎回后，又跟他一起被关进了冰冷的南宫，过着一种实质上是囚禁的日子。明代沈德符撰《万历野获编》记载："闻英宗为太上时，钱后至手作女红，卖以供玉食。"也就是说钱皇后在极其艰苦的环境里，为了换一点吃的，必须拖着病体做一些手工活儿、丝织绣品拿出去卖钱。

可想而知，在这种环境下，英宗和钱皇后这一对患难夫妻的感情，是怎样的相濡以沫、生死与共。

"夺门之变"后，明英宗夺回皇位，对钱皇后更加情深，"盖圣德仁厚，加以中宫钱后同忧患者积年，伉俪情更加笃挚"。

《万历野获编》记：在还没有大婚时，年少的英宗就重视人伦。有个名叫周璟的，任云南左布政，妻子刚死就续弦，被革职。后来他向英宗上诉说，法律有"父母或丈夫死了，私自嫁娶者杖一百，哪里有妻子死了不让续弦的？请皇上召集大臣，对我的革职秉公裁决。"英宗大怒，没搭理他。第二年，另有一官员因为老婆死了，偷偷溜回家奔丧。有都御史弹劾他，英宗却说："此亦至情可矜，姑贳其罪。"等到夺回皇位后，英宗更将是否忠于夫妻感情作为衡量官员合格与否的标准。一个名叫马良的官员，跟英宗不仅是君臣，更是形影不离的好朋友，有一阵子马良请假回家，给死去的老婆办丧事，没多久，英宗"至内苑，忽闻鼓乐之声"，一打听是马良续弦，英宗大怒说："此人简直天良丧尽！"从此再也不见他了。

虽然这些做法听起来有些偏执，但是又不免让人觉得英宗的可爱。古代中国认为"家国一体"，一个不忠于家庭的人，一定很难忠于国家；一个不忠于国家的人，当然不适合担任任何公职。从这一点上来看，英宗的行为可以理解。

天顺八年（1464年）正月，英宗一病不起，知道自己很快将要死去，他唯一牵挂的就是钱皇后。由于钱皇后一直没有生育，太子朱见深的生母周贵妃为了执掌后宫大权，很可能会要求钱皇后殉葬，而那时病残的钱皇后毫无奥援，只能一死。英宗想起了父亲宣宗死后，回响在内宫里的哭声，于是将儿子朱见深叫来，郑重下旨道："用人殉葬，吾不忍也，此事宜自我而止。"无论做儿子还是做臣子，朱见深都只有服从的份儿，《菽园杂记》中记："故宪宗皇帝（朱见深）宾天，亦有命不用，遵先训也，英宗一言，前足以杜历代之踵袭，后足以立万世之法程！"从此有明一代，再无强迫宫人殉葬的恶行。

清代一开始存在着"人殉"，王世贞在《池北偶谈》中记载："八旗习俗，多以仆妾殉葬。"努尔哈赤、皇太极、顺治皇帝去世后，都有人殉——多尔衮的母亲就是在努尔哈赤死后复杂的政治斗争中，被皇太极逼迫殉葬的。而康熙大帝英迈千古的重要原因，就是他对儒家文化有着深刻的学习和领悟，所以极其厌恶"人殉"，康熙十二年（1673年），有位名叫朱裴的御史建议禁止这一行径，康熙立刻表示同意，并以严厉的口吻下旨，禁止随主殉葬的恶行，延续千年的"人殉"终于画上了句号。

3．将殉葬者"钉身于墙"的暴行

翻回头来看古代笔记，我们还能发现一些诡异莫名的"人殉记录"，读来令人后脊发冷。

《万历野获编》中有一则是这样写的："嘉靖八年，山东临朐县有大墓发之，乃古无盐后陵寝。"无盐就是春秋时期著名的"丑娘娘"钟离春，墓中"珍异最多，俱未名之宝"，尤其令人瞠目的，是其中有"生缚女子四人，列左右为殉"，四个女子的尸体历时千年，因为那些珍宝的"宝玉之气"所护，居然还未腐烂。

袁枚在《子不语》里也写过一则关于人殉的故事。陕西有个姓孙的人挖沟，突然铲子撞到了一个硬邦邦的东西上，怎么也挖不动。等他们扒开土才发现，原来是一座石门拦在了前面。姓孙的找来工具撬开，发现一条幽长的隧道，通向一座大墓，走进墓穴里，只见"陈设、鸡犬、罍尊，皆瓦为之"。中间摆着两座棺材，尤为可怖的是两边墙上有男女数人"钉身于墙"，都是给墓主殉葬的遇害者。为了怕他们死得不透或者化作僵尸，"故钉之也"。这些人的"衣冠状貌，约略可睹"，姓孙的胆子大，正想上前仔细看时，一阵风突然从大开的石门吹进了墓穴，钉在墙上的人瞬间都化成了灰，只剩下墙上的几枚铁钉，终于一切都消失了，人们也"不知何王之墓"。

徐珂所撰《清稗类钞》中，记述了著名的广东盗墓大贼"焦四"的行状，焦四"常于白云山旁近，以盗墓为业"，此人比胡八一还厉害，"有听雨、听风、听雷、观草色、泥痕等术，百不一失"。有一天，他发现了一处墓葬，便召集了十几个人，"建篷厂于其地，日夜兴工，力掘之"。每挖一尺，必要仔细辨别土质，挖到一丈左右的深度，"陡闻崩裂声，白烟一缕，自穴口喷出，约炊许而尽"，焦四带着几个胆子大的，"使手炬，坐竹筐，悬长绳以下"。下了五丈多长的绳子，竹筐落了地，只见墓穴里有三座宫殿，中间的宫殿放着一个最大的金棺，"列铜人数具，貌狰狞"，前殿是"餐厅"，碗盘俱备，可怕的是后殿，"有枢十数，盖当时殉葬人也"。焦四没有管这些殉葬人的灵枢，直接把金棺打开，"则见尸之长髯绕颊，骨肉如石，叩之有声，中实金珠无算，其卧处，铺金箔盈尺，卷叠如席"。焦四把尸体拿出来抛在一旁，将财宝席卷一空，扬长而去。

　　这大概是墓主生前万万没有想到的，他不但没法在另一个世界继续享有荣华、尊贵，而且连自己的尸身都无法保存，徒遭盗墓贼的凌辱，反倒是那些在他眼中永远为奴的殉葬者得以保全。在这个不公道的世界上，有一些隐形的"公道"却往往为我们所忽略：有些人，用别人殉他的文治、殉他的武功乃至殉他的死亡，下场往往连殉葬者都不如……

四、慈禧太后为何跟一棵白果树"熬鳔"

老北京话有所谓"熬鳔"，现在已经很少有人说到或听到了。这个词的本义是指把鱼鳔慢慢熬制成一种胶，形容某个人专注于一件事，反反复复，黏黏糊糊，软磨硬泡，纠缠不休，跟"执着"有点儿近义却显得贬义一些。

把"熬鳔"一词用在有点儿"轴"、有点儿死心眼的小市民身上，倒还无妨，但是如果用在达官显贵甚至皇亲国戚上，就未免不恭。偏偏清末掌国的慈禧太后，就干出这么一档子事儿来，跟一棵白果树"熬鳔"个没完没了。

1. 来龙正脉，点穴最佳

北京西郊北安河乡的妙高峰古香道旁有一座"七王坟"，埋葬的是光绪皇帝的父亲——醇亲王奕譞。

七王坟最早叫"香水寺"，建于东汉建武五年（29年），唐代改成"法云寺"，金章宗完颜璟时期又赐名"香水院"。明代刘侗、于奕正合撰的笔记《帝京景物略》有记："小峰屏簇，一尊峰刺入空际者，妙高峰。峰下法云寺，寺有双泉，鸣于左右，寺门内甃为方塘。殿倚石，石根两泉源出：西泉出经茶灶，绕中溜；东泉出经饭灶，绕外垣；汇于方塘，所谓香水已。金章宗设六院游览，此其一院。草际断碑，香水院三字存焉。"

咸丰十一年（1861年），慈禧发动了辛酉政变，除掉了以肃顺为首的顾命八大臣，开始执掌大清朝政。在这次政变中，奕譞坚定地站在慈禧一方，亲自带兵在半壁店捉拿了护送咸丰梓宫的肃顺，立下了大功，从此不断得到升迁。同治三年（1864年），年仅二十五岁的他被加封亲王衔，同治十一年（1872年）更是晋封醇亲王。青年时代的奕譞颇有些雄心壮志，以操练出一支能征善战的八旗兵为理想，但随着时间推移，他渐渐发现自己才具有限。而那个垂帘听政的嫂嫂又是个权力欲极强、政治手腕过人的政治家，所以变得忧谗畏讥，小心翼翼，有点风吹草动就紧张得不行，身体也越来越坏，对于朝政，能躲就躲，没病也要称病。

同治七年（1868年）的夏天，奕譞到位于北京西郊的蔚秀园别墅休养。其间他挂念自己园寝的选址，就带了一位名叫李尧民的风水先生前往妙高峰一游，李尧民对香水院一带的风水连连叫好，认为此地乃"来龙正脉，点穴最佳"。遂选定此地为园寝基址，断断续续直到光绪二十五年（1899年）才算完工，耗资二十七万六千多两白银。

慈禧"熬鳔"的那棵白果树，就位于墓地南侧围墙外面。这件事的原因说来复杂。公元1874年，同治帝病逝，在选择皇位继承者时，慈禧为了继续把持朝政，便选定了奕譞的次子、时年只有四岁的载湉嗣位，这就是光绪帝。据说圣旨下到醇亲王府时，奕譞曾吓得昏死过去，连连称祸，因为他深知自己作为皇帝的"生父"，客观上一定对慈禧权力的正当性形成挑战。按照规矩，儿子称帝，他这个"生父"无论摄政还是议政都是合理的，而奕譞自知绝非慈禧太后的对手，又一定会备受慈禧太后的猜忌，所以有生之年只怕能保全脖子上的这颗脑袋都难。因此，在接下来的岁月里，奕譞一直小心翼翼，不敢妄言妄行，才算保全了性命。

有一事可以证明奕譞畏祸到了何等地步。光绪十二年（1886年）五月，北洋水师举行大阅兵，接受朝廷检阅。北洋大臣李鸿章奏请朝廷钦派大臣校阅，慈禧太后派时任总理海军大臣的奕譞前往北洋阅兵。清末学者、"戊戌变法"中的维新派大臣王照在笔记《德宗遗事》一书中写道：奕譞这个总理海军大臣，原本就是慈禧为了便于从海军经费中挪用款项修建颐和园安排的，奕譞对慈禧的命令从来不敢有违。当他听说慈禧要派自己阅兵，这涉及"兵权"的事儿最是敏感，登时吓得不轻，而更加令他恐惧的，是"懿旨赐乘杏黄轿，王不敢乘而心益加惕"。为了应对慈禧的试探，奕譞"力请派李莲英偕往出京，后每见文武各员，皆命莲英随见"，其意，无非是避免擅权的嫌疑罢了。

2．王上加白，乃是皇字

尽管如此小心谨慎，慈禧对奕譞还是放心不下，直到他于光绪十六年（1890年）去世，慈禧才算是松了一口气。

在让慈禧提心吊胆这件事情上，光绪倒还真算得上"父业子承"。光绪十五年（1889年）亲政后，他与明里暗里继续干涉朝政的慈禧太后经常发生摩擦，特别是光绪二十年（1894年）甲午战争爆发以后，中国的惨败让光绪帝更加意识到，强国的最大障碍不是来自日本，而是国内的封建保守势力。因此，光绪帝开始逐步酝酿和推进改革，而这势必引起慈禧太后为首的保守派势力的憎恶和不满。

其中有个名叫英年的，任工部右侍郎，此人在揣测上意方面是把好手，他觉察出帝后不和，想了半天竟然想出了个馊主意。《德宗遗事》

载："醇贤亲王墓道前有白果树一株，其树八九合抱，高数十丈，盖万年之物。"英年就上奏慈禧太后，"谓皇家风水全被此支占去，请伐之以利本支"。

据说，惹得慈禧太后动了伐树之心的是这么一句："白果树覆盖着王爷的墓，王上加白乃是'皇'字，正应在当今皇上身上。"众所周知，光绪皇帝是因为慈禧的亲生儿子同治早逝才继承皇位的，慈禧心里对此不可能不存芥蒂，而今光绪亲政，让权力欲极强的她"退居二线"。原来这一切都因为奕譞的墓地选得好，一想到是这样，慈禧怎能不恼火。但伐树毕竟是要在光绪皇帝亲生父亲的坟头上动土，不能蛮干。于是她征求光绪帝的意见，没想到一向温和平顺的光绪帝勃然大怒称："尔等谁敢伐此树者，请先砍我头！"

慈禧太后不仅狠毒，而且擅斗，一个举动能激怒对手，恰恰证明击中了对手的"命门"。有一天，光绪皇帝刚刚退朝，"闻内侍言，太后于黎明带内务府人往贤王园寝矣"。光绪皇帝知道慈禧要做什么，赶紧命令御驾出城，前往西郊，到了红山口，突然在御轿里号啕大哭，因为往日每每走到这里，"即遥见亭亭如盖之白果树，今已无之也"。

光绪哭了十公里路，终于来到父亲的墓地，"太后已去，树身倒卧"，数百名内侍挖了一个"周环十余丈"的大池子，然后又"以千余袋石灰沃水灌其根，虑复生芽蘖也"。光绪满脸泪水地问在场人事情的经过，有人告诉他，太后先亲自拿着斧头砍了那棵白果树三下，"始令诸人伐之，故不敢违也"。光绪帝无话可说，只能"步行绕墓三匝，顿足拭泪而归"。

这件事发生在光绪二十二年（1896 年）。《春明叙旧》有记，从根部锯断白果树时，树干流血，伐者产生恐慌，后来方知数十条蛇盘踞在树穴之内，"树血"实为蛇血，谁知就这么刨树根，灌石灰水，第二年开春，原地居然又长出了数根新条，把慈禧气得半死，下旨将树墩连根刨断，由数匹马拉出坑外，再一次用石灰填实，将白果树"断子绝孙"。

3．不死象征，照样砍伐

白果树作为一种"长寿树"，自古就受到人们的推崇，有人把它称作"公孙树"。意思是爷爷种下这棵树，孙子可以吃到白果，寓其惠及子孙后代。因此，关于白果树的灵异传说也就特别多。

《檐曝杂记》记嘉庆十四年（1809 年）三月九日，常州府学院子里的一棵大白果树"腹中忽发火"，从树干的缝隙中迸发出青绿色的火苗，有四五条小蛇从树洞里窜出逃命，"初十日辰刻方熄"。虽然烧了这么长的时间，大白果树却没有受到太大伤害，"葱郁如故"。

没想到这么个事儿，却引起《檐曝杂记》的作者、历史学家赵翼的考据兴趣来，他曾经在明代学者李诩所著《戒庵老人漫笔》一书中看到过一个典故："明嘉靖元年正月二十一日，常州府学银杏树西南一枝，忽火发，窍中焰焰，水不能灌，至二十二日方止，树亦无害。"赵翼想，没准儿这是一棵大树上相隔百年发生的两场火情，"未知今被火之树，即嘉靖中被火之树耶"？至于其中的征兆，赵翼认为是好事，"或谓此乃文明之兆，嘉靖元年，府学有华钥中解元"。不过，嘉庆十四年并非会试之年，到底这场火预示着哪位读书人的文运当兴，"俟日后验之"。

《履园丛话》记载过类似的事情，扬州钞关官署有一棵大白果树，

"乾隆四十八年冬月，有某观察使夜梦一人，长身玉立，手持一纸上书'甲寅戊辰甲子癸酉'八字，曰'吾树神也，居此一千五百年余，兴之屡见，公知我乎？'"后来不知道为什么突然着火，"凡一昼夜乃熄"，但很快白果树又复青如故。

既然是"不死"的象征，其中必有神灵庇佑。《池北偶谈》中记，一年，"京口檄造战舰"，"江都刘氏园中有银杏一株，百余年物也，亦被伐及"。谁知工人锯断了树之后，发现"木之纹理有观音大士像二，妙鬘天然"。随后，工人们报告了督管战舰制造的官员，"众共骇异"，赶紧依照纹理将观音像雕凿出来，"施之城南福缘庵中"。

戊戌变法失败后，王照逃亡日本；后又在义和团运动期间，秘密潜回国内。光绪二十六年（1900年），英年"因庇拳匪斩于西安"。光绪二十八年（1902年）春，王照在北京汤山一带以"赵举人"的身份生活，"每日出游各村"。有一天，他"短衣草笠，漫游而西"，经过七王坟，与村夫野老"谈及白果树事，各道见闻，相与欷歔"。村民们说，挖树根时"出大小蛇数百千条，蛇身大者径尺余，长数丈"，王照感慨万千，当日慈禧之狠戾伐树，其实就是一种恨不得灭绝光绪帝的"巫蛊之术"。按理说，白果树本身是长寿树，又是"不死的象征"的吉物，又有各种容易让人们不管是穿凿附会还是心向往之的"神之纹理"，那么对一棵"万年之物"实施砍伐，又挖根填灰，实在是十分不祥的举动。但慈禧太后就干了，从晚清——尤其是庚子国变前后慈禧一系列丧心病狂的举动来看，为了权力，她根本不在乎国家的兴亡，哪怕让整个国家给自己陪葬——何况是一棵白果树。

五、隆庆二年正月里的"大恐慌"

正月本是一年当中最喜庆祥和的时间，然而在 1568 年的明穆宗隆庆二年正月，南方突然陷入巨大的恐慌之中。

这一年"开局"的天象就有些不祥。大年初一那天，平地突然刮起大风，"走石飞沙、天昏地暗"，停泊在浙江湖州新码头的官船不知怎么地起火了，风助火力，火借风势，"沿烧民居二千余家，官民船舫焚者三四百只"，事后统计的死亡数字，遇难者竟达 40 余人。

然而就在该火灾尚未全熄之际，一场更加可怕的"烈火"即将从湖州点燃，席卷江南各省。

1. 圣驾到，"一夕殆尽"单身汉

明代学者田艺蘅在笔记《留青日札》中，以这样一句话记录这场大恐慌事件的起始："初八、九日，民间讹言朝廷点选秀女，自湖州而来。"

中国古代王朝以"点选秀女"为名义，采用劫掠的方式公然抢夺妇女是有悠久的历史传统的。元末学者陶宗仪在《南村辍耕录》一书中，记载了元惠宗后至元（元世祖忽必烈已经使用过"至元"年号，所以元惠宗再用"至元"为年号时，史家便称之为"后至元"）丁丑年（1337 年）夏六月发生的一件事。当时民间突然传来消息，说朝廷将大肆抓捕童男童女充为奴婢，由父母护送至北上交割。这一下，"中原至于江之南，府县村落，凡品官庶人家，但有男女年十二三以上，便为婚嫁"。这个时候也顾不上什么讲究了，片言即合，只求速配，"以故婚嫁不问长幼

而乱伦者多矣"。尤其是那些平日里礼数甚多的大户人家，竟然有"不待车舆亲迎，辄徒步以往者，惴惴焉唯恐使命戾止，不可逃也"。

这么折腾了十几天，才知道乃是谣言导致的一场虚惊！虽然形同"抢购"的婚嫁存在着贵贱、贫富、长幼、妍丑等等诸多方面的匹配之不齐者，但悔之晚矣。接下来的岁月中，各地出现大量夫弃其妻或妻憎其夫的现象，不仅各地官府接到的相关官司数不胜数，而且还有许多未满十八岁的少年夫妻因为婚姻不幸而早夭。还有一个棘手的问题，就是生育质量大幅下降，有个名叫苏达卿的人，时为上海吏，因为听信谣言，把年仅十二岁的女儿嫁给了邻居浦仲明之子，第二年产下了一个孩子，创造了低龄产子的纪录，可是做母亲的血气未全，孩子的先天发育岂能饱满？这场耽误了整整一代人的大悲剧，虽然起自谣言，但是可想而知，倘若元朝统治者以往没有类似行径，百姓又何以听风是雨，惊慌失措呢！

到了大明王朝，官方"收购"和抢劫妇女更是被频繁载入史册。祝允明的《野记》载：洪武壬子年，朱元璋就曾经遣宦官"往苏、杭选民间妇女通晓书数者入宫给事"，一共找了四十四人，经过测试，最后留下了十四人，"余悉遣归"；永乐癸卯年，朱棣又让有司选择那些无子而守节的寡妇"籍送内廷"，教宫女刺绣缝纫。不过，早期这一政策在执行上尚算温和，多少还对入选的妇女"赐金以赡其家"。而到了明武宗朱厚照时代，就成了公然的劫掠了。

清初学者毛奇龄在《武帝外纪》一书中，对朱厚照强抢民女的斑斑劣迹一一点数：正德十二年（1517年），他到宣府，"每夜行，见高屋大房即驰入，或索饮，或搜其妇女"；正德十三年（1518年），他出

游大同，"凡车驾所至，近侍先掠良家女以充幸御，至数十车"。正德
十四年（1519年），宁王朱宸濠造反，朱厚照御驾南征。为了方便南
征，他派遣太监吴经先到扬州布置迎驾事宜，吴经打着皇帝的名义到处
搜掠当地的处女和寡妇，很多有女孩的家庭都想方设法当街拉郎配，扬
州的单身汉竟"一夕殆尽"，剩下还落单的女孩家庭"乘夜夺门出逃匿，
门者不能止"。知府蒋瑶找到吴经，恳求他放过扬州百姓，吴经指着他
破口大骂："你不要脑袋了？"蒋瑶也急了眼，硬怼他道："百姓都是朝
廷的百姓，你这么干，一旦激起民变，怕你也要吃不了兜着走！"吴经
一想也有道理，便放弃了抓捕处女的计划，只派人调查当地寡妇及倡优
的住址。当天夜里，扬州城门大开，"传呼驾至，令通衢燃烛光如昼"。
吴经亲自率领官校，按照地址抓人，如果找不到就拆房子，"必搜得乃
已，无一脱者，哭声震远近"。吴经将这些寡妇和倡优关在尼姑庵中，
有些节烈的妇女绝食而死，蒋瑶让她们的家人将尸体收殓下葬，趁着这
个机会，尼姑庵总算打开了一道与外界相通的缝隙，有钱人家想方设法
用重金赎回妇女，贫穷人家的女子就成了朱厚照的"战利品"。

　　可想而知，当江南百姓再一次听说朝廷要点选秀女时，会是怎样的
恐慌和绝望。

2．三声炮，湖州百姓乱奔逃

　　整个湖州立刻陷入了争分夺秒的"新郎争夺战"！所有的家庭，
只要有七八岁以上，二十岁以下的女孩子，无不奋勇加入这场争夺战之
中，"不及择配，东送西迎，街市接踵，势如抄夺"。由于害怕官府阻
止，婚嫁大都在夜色中完成，每个有女儿的家庭都唯恐天明破晓而女儿

犹待闺中，一声鸡鸣不知惹得多少父母肝胆俱裂！田艺蘅描述当时湖州一地的情状是："歌笑哭泣之声，喧嚷达旦，千里鼎沸！"而所有的光棍，不论美男壮男病男渣男，"无问大小长幼美恶贫富"，"出货"即清！哪怕是山谷村落之僻，士夫诗礼之家，不管平日里怎样与世无争或恪守礼教，这时没有一个沉得住气的，"以出门得偶，即为大幸"。

当时发生了许多令人匪夷所思的事情，有一富户家中，临时雇了一个锡工在家造镴器（用锡铸造打制的祭器，如香炉、烛台等）。这天半夜，富户家的女儿还没有嫁出去，又不好意思出门去当街拉郎配，万般无奈之下，把睡得正香的锡工给叫了起来，喊他成亲，锡工迷迷糊糊、一脸茫然地爬将起身，揉着惺忪的睡眼一看，"则堂前灯烛辉煌，主翁之女已艳妆待聘矣"！

还有一家人，总算把女儿许配给了一户人家，相约趁着黑夜送女儿过去成亲。等到了巷子口，发现栅栏的大门从里面锁着，恰好住在巷子里面的一个卖豆腐的小哥早起磨豆子，于是便请他把门打开。这小哥因为家贫，一直讨不到老婆，这时乘人之危，不但不肯开门，还非让对方把女儿嫁给自己不可，女孩的父亲跟他争执不下，见天快要亮了，只好同意了。

比这还热闹的，是那些家庭条件较好的适龄男青年，突然遭遇"强行加派"。一人把女儿送过去成亲，发现已经有人捷足先登，"一家送女先入门正结花烛矣"。两家人争得不可开交，没奈何，后去那家一咬牙一跺脚"吾女亦当送君为副室也"，于是两个人成亲变成了三个人拜堂。

时有童谣流布曰："正月朔起乱头风，大小女儿嫁老公。"偏偏又有人无意间给本来已经乱糟糟的局面火上浇油：有个将官抵达湖州北关上任，按照规矩，北关放炮三声，谁知满城百姓大哗，说是"朝廷使太监至矣"！那些还没有嫁出女儿的人家顿时开始四散奔逃。官府一看这么闹下去非激出民变不可，于是在正月十三日发布通告，严禁传播谣言，但中国百姓往往是把官话反着听的，你不抹我还当是白的，你一抹则必黑无疑，结果局势越来越乱。谣言开始从湖州向江西、福建和两广地区扩散，而在这一过程中又被添油加醋，说是这次皇上要的不光是黄花大闺女，"并选寡妇伴送入京"，这一下子，"孀居老少之妇亦皆从人"，很多守节一二十年的老寡妇都匆匆再婚……等到一切终于平静下来的时候，江南不知多少家庭关系发生了撕裂和改变，"悔恨嗟叹之声则又盈于室家"，却已追悔莫及。

3．免彩礼，只要一鼓和一笛

在此后的很多年代里，"选秀"依然不时袭来，动荡着平民百姓那一颗颗脆弱而敏感的心灵。如嘉靖三十四年（1555年）和三十五年（1556年）山西地震后在临晋和沁县引发灾民恐慌的朝廷选秀谣言，还有顺治四年（1647年）"讹传朝廷采选秀女"，以至于"府县城镇，乡村僻壤，有女在家者俱惊惶无措"，纷纷把女儿嫁出，非但不要彩礼，连婚宴都免了，"不必三杯水酒，只要一鼓一笛"。记载在《熙朝莆靖小记》中的还有康熙二十七年（1688年）的一场动乱，亦与此有关。当年春天，康熙纳一广东女子为妃，六月初八，漳州和泉州两地突然谣言四起，"或云朝廷要选淑女充掖庭"。一时间，地方上人心惶惶，一会儿说"某大人并内监已到福州矣"，一会儿又说差官已经开始到各家点验人口情况了。"有女之家，如负重担，多男之室，居然奇货，已拟配者，催促讨亲，未拟配者，急托媒说合"，漳、泉之地，迎亲送亲的队伍日夜如织，折腾了十天才结束。而到康熙三十一年（1692年），同样的事件在江南再次发生。有谣言说朝廷要选十二三岁的女子入宫，于是有女之家陷入惊恐，未婚女子争相出嫁，"不论贫富，不计礼仪，亦不择门当户对"，彩礼降至"茶二斤，礼银四两"，实在拿不出钱也没关系，只要嫁得出去，就算谢天谢地！

蒲松龄在《聊斋志异》里也写过一则跟选秀谣言有关的故事，有个叫南三复的，"远于百里外聘曹进士女"。婚礼还没办呢，"民间讹传，朝廷将选良家女充掖庭"，地方上但凡女儿已经定亲的家庭，顾不得礼数，纷纷送孩子去夫家居住。"一日有妪导一舆至，自称曹家送女者"，南三复也不以为奇。老妪扶女入室后，对南三复说："选嫔之事已急，仓卒不能如礼，且送小娘子来。"南三复惊讶地问怎么没有其他家属跟来，老妪推说薄有奁妆，一会儿就到。后来南三复才发现，原来刚刚由老妪送上门的女子根本不是曹家之女，而是姚孝廉刚死的女儿所化之鬼——连女鬼都急着嫁人，可见时人对选秀谣言已经恐惧到了何等地步！事实上，这段读来荒唐的文字，恰恰是蒲松龄对一段亲历的写照，他的妻子刘氏，就是顺治年间"讹传朝廷将选良家子充掖庭，人情汹动"之时，被其父刘公送到蒲家完婚的，当时的刘氏只有13岁。

对上述事件，读者或许以为是信息不畅时代的大惊小怪，包括田艺蘅在内的文人，亦感慨"愚民无知谣惑，此甚可笑也"。殊不知百姓有此反应，绝不是自找不痛快，就像有些昆虫遇到触碰立刻拟死一样，是纯粹的防御性措施。崇祯十七年（1644年），福王在南京建立南明政权之后，就曾经打着"选秀女"的旗号在民间实施流氓行径。史书记载当时"中使四出搜巷，凡有女之家，黄纸贴额，恃之而去，闾井骚然"，而"棍徒哨凶，擅入人家，不拘长幼，概云抬去，大者选宫闱，小者教习戏曲"的事件也时有发生，老百姓吓得抓紧把女儿出嫁。嘉兴有户姓杨的人家，有女儿十六岁，"甚美"，紧赶慢赶还是晚了一步，居然就在送亲的路上被朝廷派出的宦官抢走。谁又能说老百姓面对风吹草动的过激反应，不是基于现实中一次又一次惨痛教训的省悟？

随着社会开放度的增加和信息透明化的加强，用科学头脑和公民意识武装起来的每个公民不仅要做到不信谣、不传谣，遇到谣言还应主动以事实澄清和遏止，确保社会的安定与和谐。与此同时，亦应理解古人在信息闭塞的时代每成惊弓之鸟的苦衷：没有杯弓，何来蛇影？一朝蛇咬，百年井绳。

六、杨贵妃：不爱"妖猫"爱"妖猿"

与现代人对唐玄宗和杨贵妃的爱情大肆赞美、同情和歌颂不同，唐朝天宝年间的朝野对这二位的评价很低，因为玄宗确实因为宠爱杨贵妃，昏庸惰懒，荒废朝政，在治理水平上与开元之治时期比出现断崖式下降，特别是把国家大事接连交到李林甫、杨国忠这么两个中国历史上数一数二的奸佞手里，直接导致了后来的安史之乱。安史之乱以后，"国破山河在，城春草木深"，受尽铁蹄蹂躏的民众就更不客气了，给玄宗多少还留点面子，对杨贵妃就基本以"红颜祸水"视之，各种文艺作品都大加讽刺和谴责，包括白居易的《长恨歌》，无论"从此君王不早朝"还是"姊妹弟兄皆列土"，都绝不仅仅是对什么美好爱情的歌颂。

何况，杨贵妃不是纯洁的白莲花，唐玄宗对她的爱情也并不专一……本篇叙诡笔记，笔者就援引唐宋时期的相关记录，通过相近时代的著述，来还原电影《妖猫传》刻意美化、与史实不符的真相。

1. 玄宗：玉环之外另有所爱

我们先来看看《说郛》一书中的《梅妃传》。《说郛》是元末明初的大学者陶宗仪选录汉魏到宋元时期的笔记编纂出的一部书，其中《梅妃传》的原题作者是唐代的"曹邺"。鲁迅先生经过考据，认为此中有误，不过文后有一篇没有署名的跋语，说此文乃"唐宣宗大中二年（公元848）七月所书"，可见至少是距离玄宗时代相当近的人士撰写，具有一定的可信度和参考价值。

梅妃姓江，是福建莆田人，"高力士使闽越，妃筓矣。见其少丽，选归，侍明皇，大见宠幸"。如果说"后宫佳丽三千人，三千宠爱在一身"形容的是杨贵妃的话，那么杨贵妃跟梅妃比，受宠指数要逊色得多，因为当时长安大内、大明、兴庆三宫，东都大内、上阳两宫，一共有四万佳丽，而玄宗"自得（梅）妃，视如尘土"。

梅妃不仅姿色过人，而且是一位才女，"善属文，自比谢女"——敢自比东晋时的大才女谢道韫，没两把刷子是绝对做不到的。她"淡妆雅服，而姿态明秀"，生性喜欢梅花，在寝宫附近种了很多，"上以其所好，戏名曰'梅妃'"。而梅妃也比较贤惠，有一次玄宗跟她斗茶输了，夸她白玉笛吹得好、"惊鸿舞"跳得好，"斗茶今又胜我矣"，而梅妃的回答是："皇上调和四海，治理万邦，才是大事，我所擅长的只是雕虫小技，怎么能拿来比较胜负。"话语中不无劝勉之意，跟后来杨贵妃的各种飞扬跋扈，事事争强好胜相比，真是大相径庭。

而杨玉环的进宫，确实在很短的时间内夺走了玄宗对梅妃的宠爱，笔记所记：杨玉环"忌而智"，梅妃"性柔缓"，不是杨玉环的对手。但杨玉环对梅妃忌惮不已，将她远远地迁到上阳东宫去了。过了一阵子，玄宗想念梅妃，深更半夜派小太监把梅妃请到翠华西阁，"叙旧爱，悲不自胜"。第二天一早，两人还没起床，杨贵妃不知怎么得到了消息，气冲冲前来，玄宗吓得赶紧披上衣服，让梅妃藏在帷幕的夹层里。杨贵妃冲进翠华西阁，径直问梅妃在哪里，玄宗装傻说："不是你把她安置在上阳东宫吗？"杨贵妃冷笑道："你把她宣来，今天一起泡温泉去！"玄宗赔笑道："那女人已经被逐斥，就不要找她了吧……"杨贵妃不依不饶道："这里杯盘狼藉，床底下有女人的鞋，夜里到底是谁陪你的？！"一番大闹之后，才算离去。玄宗惊魂甫定，把梅妃送回了上阳东宫，从此就算再想念，也不敢把她叫来了。

梅妃因此写了一首《楼东赋》，其中不无哀怨之句："奈何嫉色庸庸，妒气冲冲。夺我之爱幸，斥我乎幽宫。思旧欢之莫得，想梦著乎朦胧。"杨贵妃听说了，找玄宗打小报告，说梅妃"以诽词宣言怨望"，应该把她赐死，好在玄宗旧情未忘，用沉默表示了反对。

安史之乱结束后，玄宗回到京城，怎么都找不到梅妃，后来在温泉池子东边的几棵梅树下找到了她的尸体，尸体用棉褥裹着，放在一个酒槽子里，上面覆盖着三尺多高的土，肋下有刀伤，显然是被乱兵杀害，玄宗"大恸"，痛哭不已，其境之惨，周围人都不忍看他。

2. 李白：千古名句断了官运

《妖猫传》里有李白醉酒写出"云想衣裳花想容，春风拂槛露华浓"这一名句的情节。其中，有一个细节是真实的，那就是该诗句并非受杨贵妃之请所写；也有一个细节是不真实的，那就是杨贵妃对李白说："大唐有你，才真的伟大。"

李白写"云想衣裳花想容"的前后经过，被详细地记载在《杨太真外传》这篇宋代笔记里，作者乐史是著名的文学家和地理学家，《杨太真外传》是他采录了《明皇杂录》《开元天宝遗事》等关于唐玄宗、杨贵妃的史料撰写而成，所以价值极高，后世有关唐玄宗和杨贵妃的爱情故事，大多是以此文为基础生发而成。

有一年，皇宫沉香亭的牡丹盛开，玄宗骑着名马"照夜白"，杨贵妃乘步辇跟随，一起去赏花。玄宗下令挑选梨园弟子中的佼佼者，分别演奏十六种音乐，由李龟年（就是后来让杜甫写出"岐王宅里寻常见，崔九堂前几度闻，正是江南好风景，落花时节又逢君"这一名诗而享誉海外的大音乐家）手捧檀板领唱。玄宗突然觉得缺少点儿什么，说："赏名花，对妃子，怎么能唱旧的歌词啊。"于是让李龟年拿金花笺，请翰林学士李白立刻写三首《清平调》来供演唱。

李白前一天晚上喝多了酒，宿醉未醒，晕晕乎乎地划拉了三首，到底是诗仙，应景的差使都能做出千古流芳的诗句，第一首就是："云想衣裳花想容，春风拂槛露华浓。若非群玉山头见，会向瑶台月下逢。"李龟年赶紧拿去呈上玄宗，"上命梨园弟子略约词调，抚丝竹，遂促龟年以歌"。杨贵妃拿着玻璃七宝杯，喝着西凉州葡萄酒，听着这歌颂"名花倾国"的《清平调》，得意洋洋，兴致极高，束敛了绣巾，向玄宗再三拜谢，"上自是顾李翰林尤异于他学士"。

玄宗只把李白当成作诗填词的文学侍臣，怎奈李白却总想着"我辈岂是蓬蒿人"，满腔的政治抱负希望借着文学的阶梯逐渐实现，而也恰恰是这三首《清平调》，彻底断绝了他的梦想。

《妖猫传》中表现的李白让高力士脱靴轶事，在许多古代笔记中都有所记载，而高力士作为一人之下的权宦，心里肯定是不舒服的，便伺机报复。牡丹花会没过几天，杨贵妃吟诵三首《清平调》自我陶醉，一旁的高力士趁机说："我原以为您会因为这三首诗恨李白入骨，没想到居然还反复吟诵！"杨贵妃很惊讶地问这诗怎么了，高力士说："第二首中有一句'借问汉宫谁得似？可怜飞燕倚新妆'，把您比喻成祸国的赵飞燕，这不是有意作践您吗？"杨贵妃一听十分生气。此后，"上尝三欲命李白官，卒为宫中所捍而止"——杨贵妃一而再再而三地阻拦了唐玄宗提升李白官职，这样一个文学素养不高、鉴赏能力有限、心胸狭窄的女人，恐怕绝对认识不到李白"绣口一吐就半个盛唐"的价值吧。

3．妖猿：变身两次惨遭射杀

如果要给《妖猫传》这部电影写一句话梗概，大约就是一个名叫白龙的少年附身于黑猫身上为杨贵妃复仇的故事。笔者虽然不知道原作者梦枕貘是从哪里得到的灵感，但如果说真的曾经有一位诡异的少年倍受杨贵妃宠爱，那么他可不是一只"妖猫"，而是一只"妖猿"。

事见唐代学者李隐所著笔记《大唐奇事》。长安有一个衣衫褴褛的老和尚，在街头卖一小猿，这小猿"会人言，可以驱使"。虢国夫人听说了，把老和尚叫来，问小猿的由来。老和尚说："我本来住在西蜀，在山中参禅二十多年，有一天在山间漫步，偶然遇到猿群经过，丢下了这只小猿。小猿饿得嗷嗷直叫，我看它可怜，便将它收养，谁知这小猿聪慧过人，只跟了我半年，就会说人的语言，并能受我的指挥去做各种事，简直成了我的一位弟子。我正好进长安城办事，路费花光了，实在没有办法，只好卖掉它，可内心实在是舍不得呢。"虢国夫人说："我给你金银束帛，你把小猿留给我养育吧，它肯定比跟着你过得更好。"老和尚同意了。

虢国夫人是杨贵妃的三姐，因为贵妃得宠，她也"恩宠一时"。《明皇杂录》记载她在寸土寸金的长安城"大治第宅，栋宇之盛，举无与比"。小猿被她收养之后，"且夕在夫人左右，夫人甚爱怜之"。半年后的一天，杨贵妃送给虢国夫人一些名贵的芝草，虢国夫人让小猿看玩。不知道是不是误食了芝草的缘故，小猿突然倒在地上，摇身一变，变成了一个"容貌端妍，年可十四五"的英俊少年。虢国夫人大惊失色，问他到底是谁，化身小猿所欲为何。小猿道："夫人不必惊慌，我本来姓袁，自幼跟随父亲进山采药，父亲总拿药草让我试毒，忽然有一天，我就变成了一只猿猴。父亲惧怕，把我遗弃了，所幸被那老和尚收养，而最终机缘巧合，来到了夫人的身边……没想到今天能重新变化为人身，希望能继续随侍夫人左右。"

虢国夫人"奇之，遂命衣以锦衣，侍从随后"。这样又过了三年，姓袁的小子出落得越发俊美。虢国夫人本来就以淫荡而闻名，跟唐玄宗、杨国忠都有一腿，怎能放过这个美少年，而杨贵妃也不闲着，"曾屡顾之"，其中不足为外人道处，恐不在少数……到了后来，姐妹俩还因为小猿争风吃醋，虢国夫人怕杨贵妃将他夺走，"因不令出，别安于小室"。

小猿没有其他嗜好，只是喜欢服用各种草药，"夫人以侍婢常供饲药食"，突然有一天，姓袁的小子又变成了一只猿猴，"夫人怪异，令人射杀之"。

这则笔记在收入《太平广记》时，被列入"精怪类"，说是精怪，却也折射了很多现实，比如虢国夫人的狠毒、杨贵妃的荒淫，并隐隐有着"国将乱，必有妖"的寓意。古人谈及玄宗和杨贵妃的故事，笔下总有一种对大厦将倾的遗憾、对权贵误国的愤恨和对百姓流离的同情，即便是勾勒风月，也是为月盈则亏埋下伏笔。这恰恰体现出人们在"安史之乱"后的痛定思痛：世间的悲剧大抵来自乐极生悲，因此，纵使生逢盛世，也要多一些忧患意识和危机意识，才能让盛世更久啊！

七、中法战争，恭王曾用"天眼通"侦察敌情吗？

之前有一条新闻引起了网友的关注：来自中科院国家天文台FAST项目部的消息称，俗称中国"天眼"的五百米口径球面射电望远镜（FAST）首次探测到快速射电暴多次重复爆发，捕捉到目前全世界已知数量最多的脉冲。科学家称，这个"宇宙深处的神秘射电信号"距离地球约三十亿光年，目前已排除了飞机和卫星等干扰因素，后续交叉验证正在进行之中……

据了解，FAST由我国天文学家南仁东于1994年提出构想，历时二十二年建成，于2016年9月25日落成启用，是世界最大单口径、最灵敏的射电望远镜，绝对是值得每一个中华儿女骄傲和自豪的"大国重器"。

最近读狄葆贤的《平等阁笔记》时，恰好看到几则百年前的"天眼"故事，虽然与FAST毫无可比性，但却让人深切地了解并感受到，百年来国人在接受科学的过程中，经历的种种曲折和走过的条条弯路。

1．"指壶为鸭"有原因

毋庸置疑，中国近代史是一段饱含血泪的屈辱史，但同时也是一段逐渐向世界先进科技和文化敞开怀抱的开放史。从晚清至民国初年的笔记不难看出，开眼看世界的中国人对西方的一切都是好奇的，渴望从新鲜事物中汲取养分的心情是那么炽烈，以至于不分良莠与真假，对很多"伪科学"也是开门纳之，其中就包括"天眼通"。

"天眼"本是道教和佛教用语，简单地说就是通过修行，可以在印堂那个地方再打开一只可以看见过去、现在和未来的眼睛，从宗教和哲学的角度，这样的理念无可厚非，但是晚清颇有些笔记记载：一些俗世奇人突然开了天眼，从此变成了能隔墙观物、千里闻音的先知，只是多了一个听上去非常"科学"的名字，叫做"通脑术"。

当时对此迷信最深者、最著名学者是严复。"欧洲有通脑术者，如吾人在复室内画一物，此术者在外室，能照式画之。"《平等阁笔记》记他曾经偕友人同往试其术。友人在室内画了一把银壶，通脑术者在室外说："是一只银光闪闪的鸭子。"严复说这不是错了吗，友人说不然，我画银壶时觉得它很像一只鸭子，所以通脑术者才有此误会，却也愈发证明这奇术真的可以"通脑"。

著名报人汪彭年亦信此术，他有个朋友，在江南候补道那里做司事，此人能燃香在空中作画，然后其子就可以娓娓道来乃父所画为何物。汪彭年将这位朋友带到里屋，让他画上海的青莲阁，出屋后朋友未发一语，燃香画画，"小儿曰：见有三层高大之洋楼，有多人吃茶，有'青莲阁'字样"。这让汪彭年惊诧不已。

通过新闻纸的传播，狄葆贤得知，当时在世界范围内，还有很多此类奇人。比如比利时有个名叫鲁恩登的，"一煤矿夫也，素不识字，现年六十六岁，忽得千里眼，能视人所不能视，信仰者已有十六万人，几如一派之宗教"。据说鲁恩登每天只睡两个小时，然后就起床在园子里溜达，"视四方甚为明燎，凡眼所瞩之处，如有电光随之云"。在日本还有一个名叫千代鹤子的女人，以通脑术而闻名，"举国学者争起研究其理由"，把个大和民族搞得如痴如狂。但狄葆贤却认为这事不足为奇，"其实即佛典所称之'天眼通'，一为推阐其蕴，亦无他奇也……凡学佛者，修道得力时，则通能自现"。

2．玄奇更有"天耳通"

据《清稗类钞》记载，光绪年间，浙江慈溪有个很有名的"天眼通"。他的奇术乃是"于无意中得之"。他的天眼可不止隔墙猜物那样简单，而是"凡未来景象，荒远动作，如在目前"。有一次他坐在家中，恍惚间见到屋子突然烧起了大火，火势很大、赤焰蓬勃，一家老小"仓皇急遽奔避号啕"，左邻右舍"呐喊鸣锣奔救"。清醒后，他看到自己的居室并无一星半点儿要着火的迹象，但还是跟家人说了，让全家急图远避。家人当然是嗤之以鼻，不承想没过多久，屋子果然着起了大火，"其一切情状，与先所内视者无稍异"，于是人们都惊以为神，确信此君是开了天眼。

这位"天眼通"从此名声大噪，找他算命的人不在少数，其中有个人，一向为非作歹、横行乡里，为邑人所侧目。有一天，他去找"天眼通"问前程，"天眼通"送给他封好的一卷纸，说危急时才能打开。后来，此人害死邻居老妇，被逮于官。自知难逃制裁，突然回忆起"天眼通"所赠那一卷纸，赶紧让家人打开观看，"则是案之供词批语，六绅禀稿，按察详部文卷，以及部中钉封，一一皆在"。他才知道，自己的犯案和受惩乃是命中注定之事，"乃惊蹶移时，待死而已"。

不久后，"天眼通"突然看到了庚子年的事情，先是义和团运动，之后八国联军侵入京城，两宫西幸，北中国陷入空前的灾难……"天眼通"不免伏案恸哭，没多久他就病死了。家人在他的枕畔捡到一篇文章，都不解其中之意。不久，庚子国变果然爆发，家人将他的遗文再次拿出细看，原来就是慈禧太后以光绪皇帝的名义颁下的罪己诏。其时廷谕尚未到达省里，等到达后取来一对，"非特字意无异，并其款式、行数、纸色，亦无一少差"。人们对"天眼通"生前预知死后事的"技能"无比地膜拜，从此他的墓前永远有香花供奉，岁时不绝。

据《平等阁笔记》记载，还有一位比"天眼通"更加厉害的高人，名叫魏寂甫，他是近代著名佛学家杨仁山的禅友，此人"习禅定数年，一日忽得天眼通"，不仅能隔墙观物，而且连数十里外发生的事物也能得见。更加重要的是，他还能听见画面的"同期声"，也就是说在"天眼通"之外，还有"天耳通"的异能。随着时间的推移，这些特异功能就像泡在水里的木耳，越发越大，"渐则数千里外事物，亦能见而闻矣"。结果此君看到了一场从广西发起，"由鄂而皖而苏，所有人民被杀戮之惨状，历历在目"的景象——正是太平天国运动。魏寂甫惊恐至极，见人就哭，一边哭一边喊："大乱至矣，众生可悯，为之奈何？"人们都以为他疯了，于是给他取了个外号叫"癫居士"，此人一直到死都疯疯癫癫，没有好转。

3．奇童曾入军机处？

论及"天眼通"们最露脸的一件事，大概是《平等阁笔记》里记录的"奇童侦查中法战争"了。这件事依然是杨仁山讲给狄葆贤的。说是山东巡抚奏报入京，"谓得一奇童，目能远视无碍"，恭亲王奕䜣下令将此童送到北京，"军机等亲为试验，问以墙外物，皆能言之历历"。当时正值中法战争期间，军机处就让这奇童面朝广西方向观测军情，小童说："见一山，已为蓝衣兵所夺，青布包头兵败走矣！"蓝衣兵是法军，青布包头兵是清军。一听此言，军机处大惊，从此以后每天让小童观测。突然有一天，小童说："此山已为青布包头兵夺回矣。"后来等前方战报送到京城，计其时日，一一核对，才发现小童所见，正是收复谅山的一幕。

也正是这则笔记，让笔者认定：所谓的"天眼通"只是好事之人杜撰出的故事。除了正史对此事绝无记载外，还有两个理由：第一，军机处从雍正七年（1729年）设立那一天开始，就逐渐成为处理国家重要军务和政务的中枢机关，至晚清，虽然部分权力被"总理各国事务衙门"分流，但依然是威严肃穆的权力核心。在笔记中所谈的与中法战争相近的恭亲王掌权期，军机处有包括恭亲王在内的宝鋆、李鸿藻、景廉、翁同龢等五位军机大臣，抛开恭亲王的英明不说，这其中李鸿藻和翁同龢都是当过帝师的饱学鸿儒之士，遇到旁门左道斥之唯恐不及，怎么可能允许把什么奇童带到军机处这样的地方来考察？更加重要的是，编造这则故事的人，显然是有意无意地忽略了当时政坛上的一件大事，那就是"甲申易枢"：慈禧将以恭亲王为首的军机处全班尽行罢斥，逐出权力中枢。据《清通鉴》记载，甲申易枢发生在甲申年（1884年）农历三月十三日，而收复谅山是乙酉年（1885年）农历二月的事情，就算小童是恭亲王招来的，被罢斥后由新任军机大臣的礼亲王世铎等人接着"款待"，等于在国家权力中枢养了一个旁门左道之士近一年——真要有这种事，新的军机班底恐怕早就被清流派的御史们参得底儿朝天了吧！

事实上，所谓的"天眼通"（这里指世俗意义上的隔空观物和对未来世界的预知能力），乃是一种不折不扣的伪科学，绝大部分都是通过参与者中的"托儿"事先向"开天眼者"泄了底，比如那位"指壶为鸭"的友人，很可能就是"通脑术者"的托儿；还有就是为了掩饰患有精神病的家属的症状，避免乡里乡亲的指指点点，而编造出的一套子虚乌有的胡说八道，把"事后诸葛亮"变成"事前刘伯温"，比如魏寂甫和那个预言庚子国变的人……美国著名反伪科学斗士詹姆斯·兰迪曾经拆穿过大量"天眼通"的骗子，他指出，有个名叫泽内尔的心理学家设计了一套卡片，在卡片上标记了圆圈、乘号、波纹线、方块和星号，在严谨的条件下测试"天眼通"们的透视能力，可是几十年中的无数受试者，每个的正确率都跟瞎猜差不多……

至于那种预知能力，简单地说，读者只要记住"概率"两个字即可，由于我们这个世界的丰富多彩，发生的事件层出不穷，所以任何人只要随便说上几句模棱两可、语意含糊的话，都不难在未来的一年、两年、十年内得到"验证"。如果再把时间的长度无限延长，那么你预测的事情能"对上"的机会将会更多，比如笔者现在随便敲上几句："西方有怪鸟，衔日月当空""遥见一人火星来，竟是邻家第二子""返老还童应无恙，巨城宛在海中央"……不出一百年，都能找到应验的事或物——不信，每个读者都可以试试看，你也能成为诺查丹玛斯的，只要大家都能健康长寿。

八、朱棣与明代"福尔摩斯"之死

公案小说中的"名侦探"往往是靠不住的，《包公案》也好《狄公案》也罢，倘若翻翻史书，便可以发现无论是包拯还是狄仁杰们都没有几个依靠聪明智慧来侦破疑案的记录……依据明代著名清官海瑞编撰出的《海公传》也基本上是杜撰，而有明一代真正能称得上"福尔摩斯"的，是一位名叫周新的官员，他的显达和死亡，都与曾经热播的电视剧《大明风华》的主人公之一——明成祖朱棣有关。

1. "人呼为冷面寒铁"

《明史》中的《周新传》与所有正史中的人物传记一样，多录朝廷大事而少记民生细故，虽然也提到周新"授大理寺评事，以善决狱称"，但怎么个"善决狱"，语焉不详。欲求真相，只能从明人笔记中寻觅，这方面录之最详的当数明代学者黄瑜的《双槐岁钞》。

黄瑜之所以在《双槐岁钞》中以浓墨重笔叙周新事，原因之一是周新和他同乡，都是广东人。周新本名叫周志新，洪武年间入太学，先任大理评事。靖难之役后，他受到朱棣的赏识，改任监察御史，"弹劾不避权要，人呼为冷面寒铁"。朱棣夺权成功后，非常重视吏治。永乐元年（1403年），屠戮建文帝旧臣的腥风血雨还未消散，他就开始鼓励臣下直言不讳，敢于指出朝廷施政中的疏漏。《太宗实录》记载了一段他对臣下说的话："朕以一人之智，处万机之繁，岂能一一记忆不忘，一一处置不误？所行有未合理，尔当直谏，慎勿有所顾避。"正是这样清醒的自我认识，使得他对周志新这样的"冷面寒铁"不仅包容，而且欣赏，直接叫他"周新"，以示亲昵。

永乐元年（1403年），周新任福建巡按，发现当地的武官（卫所）对文官（府官）非常不礼貌、不尊重，动辄羞辱谩骂。如果在中途遇到，文官没有下马，武官甚至直接拿马鞭抽文官的仆隶。而卫所的公务需要文官办理时，"稍不从，即呵责吏典"。长此以往，有武官凌驾文官之上的危险，这对国家稳定无论如何都是不利的。因此周新上奏："请自今府卫相见，行平礼，遇诸途，则分道而行。所有公务，不许径行府县，有司官吏，毋得凌辱。"特别是"圣节正旦冬至"，武官必须"悉于府治行礼，开读诏书，虽边海卫所，亦从布政司差人，都司毋与"。这对靖难之变后仗着立功而权势愈大的武官集团，无疑形成了一种节制，得到了朱棣的认可和批准。

永乐二年（1404年），周新巡按北京。当时朝廷为了拓荒需要，制定了凡是在京吏民有犯罪当流徙者，"免罪，就发北京民稀处种田"的政策。这本来是一条善政，但是北京地方官员必须详拟文书送往时为国都的南京审批，路途遥远加上官吏拖沓，一来一回往复数月，那些当流徙的罪犯很多就死在狱中。周新为此上奏，希望今后北京流徙的罪犯就由本地官员处理，就地发田耕种，不要再进行繁琐的公文审批，这样"则下无淹滞之患，上不负宽恤之恩矣"。朱棣看到后下给都察院谕旨曰"御史言是也"——这条政策不仅让多人活命，而且对北京的开发起到了非常积极的作用。

也许正是因为尽职尽责，造福百姓，一向在提拔人才上不拘一格的朱棣对周新给予了"火箭式提拔"。永乐三年（1405年），周新升云南按察使。也正是从此，他开始以"福尔摩斯"的形象出现，通过细致观察和逻辑推理侦破了一系列奇案。

2．"冷面寒公来，吾无患矣"

周新到任云南后侦破的第一个案子，这在《双槐岁钞》和张岱的《西湖梦寻》中都有记载（但《西湖梦寻》中记载此案为周新调任浙江后所办，今采《双槐岁钞》说）。结合这两部笔记，案情的还原大致如下：周新在路上发现"蝇蚋迎马而聚"，他觉得奇怪，便循着蝇蚋飞来的方向搜寻，在密林中发现一具死尸，并在死者的身上搜寻到一把钥匙和一枚印章。周新仔细查验印章，发现它是专门用于戳盖在布匹上做标识的，便让下属到附近市场上，把每家卖的布匹都买回一些来，对比其印戳，"与识同者皆留之"，在其中细细审查，终于找到杀人劫布的强盗，"悉以其赃召给布商家"。

永乐六年（1408年）三月，周新调任浙江。有一天他正在办公，忽然一阵旋风将一片模样奇异的叶子吹到了他的面前，他问左右，这样的叶子是哪种树上才有？下属们告诉他城中并没有这样的树木，只有出城很远的一座寺庙里才有。周新醒悟道："此必寺内僧人杀人，埋于树下，而冤魂以此叶向我鸣冤也！"他立刻命人去那座寺庙里挖掘树下，"得妇人尸"，奸杀妇人的和尚当即认罪伏法，"人称为神明"——这个故事当然还是传统套路，先破案再编造"神迹"以让坏人心生敬畏，不敢为恶。而之后的巨商失银案则反映出周新的推理能力。

一个巨商在外地做生意，很久才带着银两回家。半路上，眼看夕阳西下，恐怕遇到贼盗，便"潜置金丛祠石罅中"。第二天去挖的时候，却分文不见了！巨商无奈之下只好报官，周新问他对谁讲过，他说只告诉了自己的妻子，但妻子并没有跟其他人讲过。周新当即命人将其妻抓来，也不问银两的去处，劈头就让她说出自己的奸夫是谁！满公堂的人都愣住了，巨商之妻抵不过，只得承认自己在丈夫外出期间确实与人勾搭成奸，昨晚两人正在行好事，丈夫突然回来，她便让奸夫躲至床下，今早一看他已经趁夜溜走了。周新遣人将奸夫抓到，一审便知，此人在床下偷听巨商夫妻对话，说了藏银地点，所以溜走后直接挖银去了……当大家都惊叹周新料事如神时，他说："夫妻在房间里说的话，怎么会被别人偷听，此必床下有人，而巨商长年在外，可想而知，床下者必其妻外遇也。"

明代政治家、学者叶盛在《水东日记》里载，一天，有二人争一把雨伞，争得非常激烈，一直闹到周新面前打官司，甲说："伞是我的！"乙也说："伞是我的！"周新反复询问他们伞上有什么记号，甲乙二人"所言记验皆同"。周新于是下令把伞一剖两半，让二人"各持其半去"，然后偷偷派人跟踪在他们后面，听他们说些什么。甲对乙说："我本来希望半价买你的雨伞，你却不肯让步，现在一文钱都挣不到了。"乙愤怒地说："我的雨伞，凭什么要半价卖给你？"跟踪者立刻将甲逮捕，押回衙门问罪。

正是因为周新有这样的断狱才能，所以他每到一地，当地蒙冤的百姓都说："冷面寒公来，吾无患矣。"而周新的政绩也不止于此，还在赈灾和剿匪上屡获成功：永乐十年（1412 年），浙西大水，通政赵居任匿不以闻，周新上奏，户部尚书夏原吉为赵居任开解，朱棣相信周新，对浙西百姓予以赈灾；嘉兴倪三起兵造反，"党数千人，累败官军"，又是周新出谋划策，列木栅对其进行围困，最终将其平定……也正因周新的种种功绩，使他在永乐十一年（1413年）的遇害便令人感到突然和费解。

3．"肢解其体于闹市"

尽管在《双槐岁钞》中对周新之死的全过程有比较翔实的记录，但这里还是需要对朱棣的复杂心态做一剖解。

《大明风华》热播后，很多学者都对朱棣的丰功伟绩予以肯定，但有一点是不容否定的，那就是按照中国传统的皇帝继承制度，朱棣确实"得位不正"，属于典型的篡位代表。可以说，从他坐上皇帝宝座直到去世的那一天，内心都是忐忑不安的。《大明风华》中演他梦见父亲朱元璋活了过来，吓得魂飞魄散，虽是演绎，也在情理之中。为了巩固个人统治，强化中央集权，他就像武则天任用周兴、索元礼一样，放手让酷吏除掉异己，甚至仅仅是敢于反击这种酷吏制度的人——周新就是其中之一。

当时朝廷最大的特务机构锦衣卫掌握在一个名叫纪刚的人的手中，据《明史》记载：纪纲为人毒辣，他"广布枚尉，日摘臣民阴事，深文诬诋"。而朱棣认为他很忠心，"亲之若肺腑"，于是他更加胆大妄为，放任手下的锦衣卫为非作歹，劫掠民财。当时锦衣卫的一个千户到浙江缉事，趁机广收贿赂。周新准备捉拿他，却走漏风声，被他跑掉了。这千户是纪纲的心腹，"诉于纲"，纪纲于是向朱棣诬告周新专擅。这时的朱棣却失去了往日对周新的信任，立命将其逮捕，带到御前亲审。偏偏周新是个宁折不弯的硬骨头，见了朱棣，一句软话都没有，反而愤怒地说："臣奉陛下诏为按察使，擒治奸恶是我的责任，如今我竟因为履行职责而被陛下下狱，死而无憾！"朱棣大怒，靖难之役养成的狂躁病和嗜血症复发，立命将周新处死。史学家谈迁所著《国榷》上记载，周新死得很惨，"肢解其体于闹市"。

执行死刑的官员回来复命时，朱棣问周新死前说了什么，监斩官说他临刑大呼："臣生为直臣，死当作直鬼！"朱棣一下子醒悟过来，问旁边的侍臣"周新是哪里人"，侍臣说是广东人，朱棣懊悔不迭："岭外乃有此人，枉杀之矣！"

在《双槐岁钞》和《西湖梦寻》都记载了周新"冤魂再现"之事，但在表述上略有不同，耐人寻味。《双槐岁钞》说朱棣一日忽见有个穿红衣服的人站在面前，问他是谁，他说："臣，周新也，上帝以臣刚直，命为城隍。"说完就消失不见了，接下来四个字是"天颜怃然"，表现了朱棣懊悔而羞愧的心态。但在《西湖梦寻》里，周新说的是"上帝谓臣刚直，使臣城隍浙江，为陛下治奸贪吏"，朱棣听完龙颜大悦，"遂封新为浙江都城隍，立庙吴山"。相比后一种记录的"死了也要忠"，我倒更喜欢前一种记录里的那种高傲和执拗：冤屈不需要施冤者来洗雪，在另一个世界里还有一个更公正的法庭，还每个人以公正……

周新的故事并没有就此结束，《于公祠墓录》里有过一则记载，写已经做了城隍的周新变成了和尚，到人间"微服私访"，遇到一个骑着竹马的俊美少年，便和他对对子，周新摸着少年头顶的三根发髻说："三丫成鼓架。"孩子直接怼了一句"一秃似雷槌"。周新大笑，又出了一句："红孩儿骑马过山。"孩子马上对曰："赤帝子斩蛇当道。"周新觉得此少年出口成章、器宇不凡，将来必有成就。果然，这个少年就是后来指挥了北京保卫战的民族英雄于谦。

城隍不可能下凡，周新更不可能遇到于谦，把他们二人来一次"穿越时空的偶遇"，与其说是颂扬他们一身正气两袖清风的传承，不如说是在隐喻他们同样"粉身碎骨"的结局——而后者正是笔记野史的价值之所在。